Numéro de Copyright

00071893-1

« À nos frères d'infortune »

Adolf

Juillet 2021

Récit

« À nos petits Anges »

Adolf

Récit

Auteur
Jose Miguel Rodriguez Calvo

Ce Récit est une fiction.
Toute ressemblance avec des faits réels, existants ou ayant existé, ne serait que fortuite et pure coïncidence.
Le Code de la propriété intellectuelle interdit les copies ou reproductions destinées à une utilisation collective. Toute représentation ou reproduction intégrale ou partielle faite par quelque procédé que ce soit, sans le consentement de l'auteur ou de ses ayants droit ou ayant cause, est illicite et constitue une contrefaçon, aux termes des articles L.335-2 et suivants du Code de la propriété intellectuelle.

© 2021 Jose Miguel Rodriguez Calvo
Édition : BoD – Books on Demand,
12/14 rond-point des Champs-Élysées, 75008 Paris
Impression : BoD - Books on Demand,
Norderstedt, Allemagne

ISBN : 9782322378739
Dépôt légal : Juillet 2021

Synopsis

"Adolf" un miséreux et indéfinissable chien bâtard, accompagne et partage la piteuse vie de Charles et Arthur, deux valeureux clochards, dans les multiples péripéties de leur misérable vie Parisienne.

1

**PARIS
Place Georges Pompidou
4e arrondissement.**

— Eh ! t'as pas un Euro ou deux ?
— T'as vu Arthur, il ne s'est même pas retourné ce connard !
— Va te faire foutre !
Charles Duval, clochard de son état, erre dans les rues de Paris depuis on ne sait plus, et peu importe,

accompagné depuis longtemps de son ami Artur, et son inséparable chien, un bâtard dont même les plus hautes éminences en la matière, seraient bien embarrassées pour déterminer les possibles croisements. Certainement un chiot issu de plusieurs générations de bâtards eux-mêmes.

« *Putain de vie !* J'en ai marre de tout, de ce quartier, de cette ville et de ce pays. Il n'y a pas de justice, c'est toujours les mêmes qui possèdent tout : l'argent, les belles voitures, les magnifiques appartements, et les plus jolies femmes ».

Nous les marginaux, on nous traite comme des moins que rien, c'est tout juste s'ils ne nous exterminent pas, pour ne pas gâcher la vue de ces nantis. Tous ces messieurs de la haute, ces pimpants et sophistiqués gracieux, qui promènent leur embonpoint sans le moindre complexe, en ostentatoire signe de richesse, avec leur insupportable arrogance et snobisme.

Je me demande ce que j'ai bien pu faire au Bon Dieu, pour qu'il m'inflige cette minable et piteuse existence. Regarde un peu ces fringues et cette allure que je me trimballe, et je ne parle pas de cette odeur infecte qui empesterait une boutique de parfumerie. Même moi je ne la supporte plus, et la prochaine douche dans leurs centres crasseux, n'est pas prévue avant une bonne quinzaine. Quant à mon consubstantiel pote Artur, il n'est pas en reste, avec son immonde casquette vissée sur la tête, dont on distingue à peine le blason du « *Real Madrid* », et ses cheveux blancs, attachés en queue de cheval depuis des années. C'est simple : je ne l'ai jamais vu autrement. C'est à croire qu'il a peur de ne plus savoir la refaire. Et son vieil accordéon, qu'il avait d'après ce qu'il dit, jadis troqué à des gitans, contre une montre trouvée dans une benne à ordures. Et ne parlons pas de son inséparable *« sac à puces »*, qui par sa seule présence, nous interdit l'accès aux miteux et bien camouflés centres d'hébergement où nous pourrions passer quelques nuits au chaud.

J'exagère peut-être un peu, tout n'est pas si mauvais, après tout. Il est vrai que je suis libre d'aller et venir où bon me semble : pas de patron sur le dos, pas d'horaire à respecter, ni de justificatifs à fournir. Et puis, au moins je ne suis pas enfermé dans leurs bureaux climatisés et aseptisés. Moi je respire le bon air pur. Je dois avouer que là, j'ai peut-être un peu forcé le trait : parler « d'air pur », ici à Paris, c'est un doux euphémisme.

Mais bon, avec Arthur, il nous arrive quelquefois, de bien nous marrer, surtout lorsqu'on a un petit coup dans le nez. Autrement dit, tous les jours. On ne se gêne pas pour faire quelques compliments aux jolies femmes, qui passent à notre portée. Il faut dire que depuis notre stratégique point de vue, assis par terre, rien ne nous échappe. Même si l'on ne roule pas sur l'or, nous arrivons toujours à boucler notre budget. Il est vrai que la bouffe n'est pas toujours extra, mais nous ne mourons pas de soif, et vous l'avez sans doute deviné surtout pas d'eau, nous en prenons déjà assez sur la tête. C'est vrai qu'une partie vient des généreux dons que certains passants nous jettent dans notre gamelle. Je ne voudrais pas être mauvaise langue, mais je suspecte que c'est surtout la meilleure manière qu'ils ont trouvé, pour se débarrasser des encombrantes petites pièces jaunes. Pour le reste, c'est le fruit de notre dur labeur. Eh oui, nous travaillons, et très dur, même.

Il faut nous voir, lorsqu'on donne nos éloquents et laborieux concerts dans les couloirs du métro, et ce que je qualifierais de « à domicile », c'est-à-dire directement à l'intérieur des rames, ce qui en soi est un véritable exploit, si l'on considère les intempestifs balancements et oscillations qui nous obligent à toujours garder notre équilibre pour éviter les fausses notes. Le seul souci est que notre répertoire est assez limité. Arthur ne connaît que deux morceaux, et encore, très incomplets : seulement les refrains du « Ah ! le petit vin blanc », et « Boire un petit coup c'est agréable ». D'après lui, c'est tout ce qu'il peut faire, étant donné qu'il manque quelques touches à son accordéon, grignotées par « Adolf », son chien, qu'il a surnommé ainsi, à cause de sa mèche rebelle sur le côté. Moi je suis le crooneur du groupe. C'est bien dommage que mon musicien manque d'envergure. Je connais presque tout le répertoire des *« chansons à boire »*, j'aurais pu faire carrière dans le *« showbiz »* c'est sûr, mais que voulez-vous, aucune bonne fée ne

s'est jamais penchée sur mon berceau. Et pour cause je crois qu'autant que je me souvienne, j'ai toujours dormi à même le sol, c'est certainement la raison pour laquelle je continue à le faire.
C'est vrai que les habitudes sont parfois tenaces, on ne les change pas comme cela, aussi facilement. Ma mère, trop occupée à recevoir des visites de messieurs inconnus, a décidé un beau jour de me laisser emmitouflé dans une couverture devant la porte de l'église « St. Merri », rue Saint-Martin, d'où mon attachement au quatrième arrondissement, que je considère comme mon chez-moi, et duquel j'ai bien du mal à m'éloigner. Il est vrai que je connais le moindre recoin de ce centrique pan de la capitale. Je pourrais même, si je voulais, devenir guide pour touristes. Bon, c'est une idée qui m'a effleuré l'esprit, mais je ne me suis pas rabaissé à la proposer en haut lieu, après tout ils n'ont qu'à me le soumettre. On a sa dignité et son amour-propre quand même ! Mais connaissant très bien, ces gentils fonctionnaires, je doute fort de leur empressement à me confier un quelconque emploi. Je ne voudrais pas être médisant mais je les soupçonne fortement de réserver le moindre poste à l'un de leurs proches. Que voulez-vous, après tout pourquoi les blâmer s'ils préfèrent travailler en famille.

2

Même si notre territoire de chasse préféré est le quatrième arrondissement, c'est-à-dire l'enclave située entre le Boulevard de Strasbourg et la Place de la Bastille, complètement encerclée par les premier, troisième, cinquième, onzième et douzième arrondissement, il nous arrive bien entendu de nous aventurer bien au-delà de notre zone de confort, dans d'autres territoires inconnus comme les dix-huitième, dix-neuvième, ou pire : le seizième.
En parlant du seizième, j'ai une anecdote qui me vient à l'esprit. Nous étions tous les trois, c'est-à-dire, moi, Adolf et Arthur, et avions tenté de nous exhiber dans l'un des beaux quartiers pour la Fête de la musique.
Je me souviens parfaitement, c'était « avenue Foch », je ne sais pas si vous connaissez. C'est vrai que l'on avait fait des efforts inhumains pour faire bonne impression, quelquefois qu'un imprésario ne passe par là et nous remarque, on ne sait jamais, alors nous

avons donné du volume et de la voix : même Adolf s'y était mis. Nous n'avons pas lésiné sur nos efforts, et débité une bonne cinquantaine de fois notre répertoire. Seulement, je ne sais pas ce qui a cloché, puisque vers deux heures du matin, sans crier gare, nous avons reçu une volée de seaux d'eau sur la tête, et non contents de leur blague douteuse, ils nous ont envoyé toute la brigade de Police de l'arrondissement. C'est bien ce que je pensais. Ces gens-là ne sont pas comme vous et moi : ils n'ont aucun sens de l'humour. Les flics non plus d'ailleurs. On avait beau leurs expliquer que nous célébrions la Fête de la musique, ils n'ont rien voulu savoir. Ils nous ont embarqué sans le moindre ménagement, prétendant que nous étions en septembre. Ah si « Jack Lang » avait vu ça ! Seulement, tous les jours ne sont pas « jour de fête », loin de là. Surtout en période hivernale. Les quelques badauds qui se risquent à mettre leurs nez dehors, accélèrent le pas déjà marathonien des Parisiens. Le passage diminue, et notre rentrée d'argent avec lui, bien entendu. Plus de flâneries sur les trottoirs ensoleillés comme au temps chaud. Il faut voir ces dames emmitouflées dans leur manteau de fourrure, avec leurs collerettes en *« chinchilla »* et leurs mains gantées. Pensez-vous qu'elles diminueraient le pas un instant pour laisser tomber une pièce ? Non, bien sûr que non ! Elles ont bien trop à faire. Ce soir, elles vont certainement au théâtre, au restaurant, ou les deux, et elles doivent parfaire leurs chevelures.

« Ma très chère, ça fait deux jours que je n'ai pas vu mon coiffeur, c'est inouï ».
Inouï, inouï ! Quel drôle de mot. Je ne peux pas m'empêcher de me moquer lorsque je l'entends. Et c'est toujours le même genre de personnes qui l'utilise. Il n'est pas le seul, j'en ai une collection.
« Ahurissant, incroyable, sublime, ravissant, craquant, prodigieux » et la liste est longue. « Chic, huppé » ... Bon je m'arrête là, je suppose que vous avez saisi.
C'est à chaque fois ces femmes, la cinquantaine bien tassée, qui, lorsqu'elles sortent en bande, seules ou accompagnées de leurs maris, « maris, au sens large du mot », débitent cette espèce de langage précieux et quelque peu hautin, qui leur sied si bien.
Pour nous, enveloppés dans nos cartons, par moins dix, on se moque et on rit, mais intérieurement seulement. Pas question de gaspiller nos forces.
Pourtant, nous aussi on pourrait se venter et jouer les dédaigneux : il nous arrive bien souvent de dormir dans des cartons « Lacoste, Louis Vuitton ou Hugo Boss ».
Et alors ? On ne s'en vente pas pour autant.

3

Seulement, ne vous y trompez pas, ce n'est pas parce que j'essaie de faire bonne figure, et prendre cela avec un tant soit peu d'humour, que la vie est facile, pour nous les éternels oubliés de la société, les rebus du système, les laissés pour compte de l'humanité. Cette dédaignable espèce, que l'on voudrait dissimuler à tout prix par n'importe quel moyen.
Et pour cela, ils ne manquent pas d'imagination. Il faut les voir avec quelle assiduité et délectation les services municipaux du nettoyage urbain s'emploient à nous chasser avec leurs lances à eau, de nos déjà minables abris. Puis ce sont cette fois-ci les vénérables gens en uniforme du service d'ordre qui nous délogent, parfois avec un singulier et futile ménagement pour nous obliger à nous expatrier dans les piteux quartiers, quand ce ne sont pas les bosquets ou les bois.

— Voilà, ici vous serez mieux, à l'abri d'un éventuel accident de circulation. C'est pour votre bien, vous savez ! Bien entendu, que nous le savons. Ce n'est pas parce que nous ne faisons pas partie de votre caste, que nous sommes des *« bêtes à manger du foin »*.

Vous oubliez que nous venons du même creuset que vos propres parents. Il est vrai, que vous n'êtes pas toujours tendres avec eux non plus. La plupart finissent leurs solitaires vies, dans de bien légaux mouroirs.

Pour être honnête, je dois avouer cependant que quelques bénévoles ont la gentillesse de nous apporter de temps à autre un peu de réconfort en nous proposant un café chaud, et pour être sincère, je dois les en remercier, même si cette tache devrait incomber aux services sociaux qui préfèrent largement apporter leurs secours à d'autres genres de nécessiteux plus voyants et vindicatifs.

Bon, sans transition, parlons un peu de mon ami d'infortune. Je m'en souviens très bien, j'ai connu Arthur un soir où les flics m'avaient gracieusement hébergé. C'était dans une cellule de dégrisement du commissariat central Boulevard Bourdon, nous avons tout de suite sympathisé. Il m'a raconté sa vie, qui n'était pas plus enviable que la mienne.

Pour tout vous dire Arthur, n'est pas son vrai prénom. À l'origine, il s'appelait « Arturo Lopez ». D'origine espagnole, il avait émigré en France dans les années soixante, l'époque où l'on avait besoin de main d'œuvre pas chère, et avec quelques amis d'infortune, il avait atterri à Toulouse pour travailler dans la construction.

La ville rose était connue pour abriter depuis des décennies une importante communauté espagnole. Depuis 1936 exactement, où une vague de réfugiés appelée « *la Retirada* » avait croisé les Pyrénées pour échapper au régime franquiste. Malheureusement, ils se sont tous retrouvés enfermés dans des camps d'internement du sud de la France.

Mais revenons à mon pote. Pour mieux s'intégrer, chez nous, il avait fait franciser son prénom, et « Arturo », est devenu « Arthur ». C'est aussi la raison pour laquelle il m'a tout de suite plu.

C'est bien dommage que la coutume se soit perdue. Il faut bien admettre qu'aujourd'hui, l'expression « Intégration » est presque devenu un gros mot, mais bon, laissons la politique, elle ne s'est jamais intéressée à moi, alors je lui rends la pareille. En tout cas, depuis, on ne s'est plus quittés. Même si parfois il m'agace un peu, j'avoue que je l'aime bien, et puis je dois admettre, que notre collaboration artistique, même si elle est perfectible, nous permet de vivre honnêtement, et c'est loin d'être le cas de tout le monde. Comme je dis toujours : pauvre oui peut-être, mais honnête.

À ce sujet, une histoire me vient à l'esprit.

Il y a quelque temps, nous avions réussi à acquérir un de ses petits chariots métalliques que l'on surnomme

« *caddie* ». C'était pratique pour trimballer notre patrimoine, et attention, ce n'est pas toujours évident à diriger ces trucs-là.

Alors, avec Arthur, nous avions convenu que lorsque nous sortions, l'un des deux devait boire moins que l'autre, pour rentrer sereinement. Seulement la plupart du temps on ne se souvenait plus du quel des deux était le plus à jeun.

Alors comme presque toujours, c'est Arthur qui pilotait, et cet imbécile à laissé notre véhicule sur un passage de piétons. Et ça n'a pas loupé, les flics nous ont embarqué, et le « *caddie* » directement en fourrière. Inutile de vous dire qu'il y est encore, on n'avait pas un rond pour payer l'amende.

Si je vous raconte tout cela, c'est surtout pour oublier un instant notre infortune.

Même si parler d'infortune peut paraître prétentieux, dans ma bouche, juste un peu plus de pouvoir acquisitif aurait suffi. Une petite aide, un petit coup de pouce, et un sourire, nous aurait déjà comblé. Mais non, je n'étais pas né avec une petite cuillère d'argent dans la bouche, et ce n'est pas dans les poubelles que j'allais la trouver.

4

« Charles Duval »

J'avoue, jusqu'à présent, j'ai peu parlé de moi, sans doute par pudeur, quoique j'ai oublié depuis longtemps la signification de ce mot. Oui, on apprend très vite à s'en affranchir, ainsi que beaucoup d'autres comme « honte, humiliation, gène, douleur », et quantité d'autres, qui nous sont désormais étrangers, comme s'ils ne nous appartenaient plus, ou auxquels nous n'avions plus accès.

C'est comme si la vie s'amusait à jouer à « pile ou face » avec vous. Si vous tombez du mauvais côté, il est presque impossible de vous retourner du bon. Comme je l'ai déjà exprimé, ma gentille et aimante mère m'abandonna sur le perron d'une église, alors que je n'avais que quelques mois. D'après ce que j'ai compris, mais bien plus tard, c'est comme si je l'entendais :

« J'en ai marre de t'entendre chialer pendant que je travaille, tu fais fuir mes clients, bâtard ».

« Bâtard, oui peut-être, et même sûrement, mais un bâtard qui a faim et froid, connasse ».

Alors, après ce départ sur les chapeaux de roue, que voulez-vous attendre de la société ?

D'emblée, je fus placé à la direction départementale des affaires sanitaires et sociales. Autrement dit la D.D.A.S.S. et à partir de ce moment ce fut elle qui prit en main ma jeune vie. Bien entendu, je n'ai aucun souvenir de mes premières années, mais je sus vers trois ou quatre ans, que j'avais été adopté par une sympathique famille de fermiers, dans un petit hameau des environs de Bordeaux. Les premières années, j'allais grandir dans la joie et le bonheur, entouré de l'affection de mes nouveaux parents et celui de nombreuses bêtes présentes à la ferme. Puis j'allais fréquenter quelques années, l'école communale de « Cestas ». Je peux affirmer aujourd'hui, qu'elles furent les plus belles de ma vie. Seulement, à quatorze ans, la fin d'études à cette époque, mes parents me retirèrent de l'école, et je n'allais plus jamais y remettre les pieds.

Le travail était tout trouvé : j'allais devenir commis de ferme. Et je ne voudrais surtout pas froisser les courageuses personnes qui exercent par choix ou nécessité ce dur métier, c'est un emploi aussi digne qu'un autre. Seulement, je ne l'avais pas choisi. J'aurais voulu continuer mes études, ou au moins apprendre autre chose qui m'aurait plu, et pour lequel j'aurais plus tard été rémunéré.

Donc, forcé, et quand je dis forcé, je suis gentil, « Gérard », mon valeureux et colérique père adoptif avait le sens de la discipline un peu franche et rapide : les volées tombaient comme la pluie de printemps, sans crier gare.

C'est ainsi que le jour même de mes dix-huit ans, je pris un petit baluchon et quelques pièces que j'avais réussi à chaparder à « Germaine », ma seconde mère, et je rejoignis Bordeaux, par mes propres moyens. J'étais enfin libre, oui, seulement, libre de quoi.

J'avais investi ma petite fortune dans l'achat d'un minable *« sandwich »*. Après cela il ne me restait plus rien. Mon petit baluchon se composait d'un blouson usé jusqu'à la moelle, d'une chemise sale et d'une deuxième paire de baskets que j'utilisais lorsque je devais me rendre à la ville avec « Gérard », pour un achat. Cela composait toute ma fortune.

C'était la première fois que j'allais dormir à la belle étoile, et c'est une façon de parler puisque cette nuit de novembre, les scintillants Astres étaient bien cachés, bien dissimulés par une intense et ininterrompue pluie glaciale. J'allais donc la passer, mort de froid et de faim, sous un porche du centre-ville.

Dès le lendemain, j'allais ravaler ma fierté et faire la manche pour pouvoir me rassasier, et cette habitude, n'allait plus jamais me quitter. Seulement, je n'étais pas le seul à exercer cette noble activité. La place était déjà prise, et je fus sommé énergiquement de quitter les lieux par les deux ou trois occupants qui se l'avaient depuis longtemps appropriée. On n'est pas généreux dans ce métier, et encore moins partageur. C'est donc dans un faubourg de la banlieue bordelaise que je dus prendre mes quartiers. Et bien sûr, ce n'étaient pas les plus recherchés, ni propices pour ce job. Les Autochtones ne roulaient pas sur l'or. Ils vivotaient presque aussi modestement que moi, donc inutile de vous dire que même les petites pièces jaunes ne tombaient pas dans ma gamelle, et je ne pouvais absolument pas les blâmer. Je me rendis vite compte que je devais agir au plus vite, si je ne voulais pas rejoindre la fosse commune des inconnus au cimetière de la ville.

J'allais vite me mettre à chaparder quelques victuailles sur les marchés ou aux étalages des supérettes, seulement, dès le troisième jour, je fus pris la main dans le sac, ou plutôt avec de délictueux achats dans mes poches, que, par inadvertance j'avais oublié de déclarer chez le vendeur. Celui-ci, peu entrain, à parlementer, avertit la Police et ce fut ma première nuit en cellule. Je dois avouer que pour moi habitué à dormir sur le tas de foin de la grange, cette nuit me parut une des meilleures que je passais depuis longtemps. N'allez pas croire que j'eus droit à une suite royale, mais au moins les généreux agents m'offrirent un bon « *jambon beurre* » avec pour boisson une petite bouteille d'eau. J'aurais préféré autre chose, mais c'était menu unique.

Je n'allais pas faire mon difficile, j'étais déjà bien content de pouvoir dormir sous un toit. Dès le lendemain, je fus libéré avec une sévère remontrance du « Sous-Brigadier en chef » de service. Dès lors, j'allais prendre une décision irrévocable : je devais monter à Paris, c'était la seule possibilité qui s'offrait à moi.

« Il paraît que dans la capitale les affaires sont plus juteuses et florissantes, c'est là-bas qu'il faut être, si tu veux faire fructifier tes revenus et réussir dans les affaires ».

Alors ni une ni deux, je me rendis à la « gare Saint-Jean », et je m'installais dans le premier train en partance pour Paris, sans prendre de billet naturellement. J'avais bien fait : aucun contrôleur ne vint me le demander. Quelques heures plus tard, ce fut le terminus, gare « Montparnasse ». Je me trouvais enfin dans la « *ville lumière* ». Je me souviens, j'étais excité comme une puce. La grande métropole m'attendait, la fortune allait me sourire. Et c'était certain, ma pauvre vie allait drastiquement changer.

5

Cette fois, j'étais dans la capitale, et on allait voir ce qu'on allait voir, Charles Duval venait d'arriver et la ville allait trembler. J'étais prêt à bouffer le monde, et je ne laisserai personne se mettre en travers de mon chemin. Tout de suite j'allais me trouver un bon endroit où exercer mon talent et je m'étais promis qu'on ne m'en chasserait sous aucun prétexte.
De toute façon, c'était un boulot provisoire, bientôt je serai riche et respecté de tous, j'allais prendre ma revanche, et tout ce qui m'était dû. J'allais montrer à cette bande de prétentieux rupins que j'étais capable de les égaler. Mieux, les surpasser, oui, et les mettre à ma botte. Après tout, en quoi j'étais différent d'eux ? J'avais deux bras deux jambes, et un cerveau, comme tout un chacun. Oui, bon ! Mes études étaient quelque peu limitées évidemment, mais ce détail n'allait pas m'arrêter pour autant. Mais, ne brûlons pas les

étapes. Pour le moment je venais de m'installer près de l'endroit où j'étais né, à proximité du lieu même de mon départ dans la vie, autrement dit à côté de l'église « St. Merri », rue Saint-Martin, dans le quatrième arrondissement. Je passais ma première nuit sur les bancs de la gare de l'Est.
Oui ! On tolérait cela à cette époque ! C'est bien dommage que les gens bien-pensants aient fini par s'en offusquer. Dès le lendemain, je m'installais à un endroit stratégique, place « Georges Pompidou ». Seulement un collègue de travail que je qualifierais de légèrement fatigué, m'invectiva.

— Eh toi ! T'as un sacré culot ! Tire-toi de là ! La place est prise !

— T'es qui toi ? Pour prétendre être le proprio ! La rue est à tout le monde que je sache ! Allez arrête de râler, viens je t'offre une bière !

— Bon d'accord, comme ça c'est différent ! Fallait commencer par la !

Ce fut de cette élégante manière, que je fis la connaissance de mon premier acolyte parisien.
Seulement, il n'était pas le seul sur cette concession. Sans la moindre sommation, je me pris une bouteille de vin, vide, « bien entendu », sur le crâne. Tout de suite ce fut une avalanche de coups, et la bagarre se termina par une nuit au poste. Dans cette cellule même ou j'allais faire la connaissance de celui qui deviendrait mon ami Arthur, qui tout comme moi était monté à Paris. On allait se raconter nos vies, nos

malheurs, les bons et surtout les mauvais moments, et depuis, nous ne nous sommes plus quittés. Et malgré l'embarrassante présence de son ébouriffé bâtard qui me semblait néfaste à mes dessins, il devint mon ami. Nous allions très vite former le célèbre duo connu de tout le quatrième et bien au-delà. Cependant, j'avoue que je dus revoir mes initiales ambitions à la baisse pour assurer au jour le jour. Il faut dire que j'espérais que nos dirigeants allaient nous donner un coup de pouce. « Il ne vont tout de même pas laisser certains de leurs semblables crever de faim et de froid, comme de vulgaires bêtes dans les rues de nos magnifiques et opulentes villes, c'est impossible ».

Pourtant, depuis des décennies j'en ai vu défiler des dirigeants de tous bords, mais aucun d'entre eux n'a voulu enfreindre la règle. C'est là que j'ai compris que les gens comme moi n'avions rien à attendre de ces représentants politiques, qui sont censés nous représenter et nous défendre, mais qui se préoccupent exclusivement de leur petit confort personnel, attirés assidûment par la notoriété ou l'argent, ou bien souvent, les deux à la fois. Je ne voudrais pas être injuste et placer tout ce microcosme dans le même sac, ce ne serait pas correct, mais bon, très peu d'entre eux réussissent à en sortir. Bon, je sens que je commence à vous barber avec mes sensibleries, alors je vais vous raconter une anecdote qui m'arriva, tout juste quelques jours après mon débarquement dans la capitale. Je me souviens parfaitement, j'avais déjà fait

la connaissance de mon inséparable ami Arthur et son chien « Adolf ». Je vous ai déjà parlé du pourquoi de son célèbre prénom. Nous venions donc de terminer une de nos mémorables prestations. Fourbus, nous nous sommes allongés sur le trottoir, pour reprendre notre souffle. Seulement ce crétin d'Arthur qui n'en rate pas une, avait laissé son instrument à vent, en plein passage, et ne vois-tu pas, qu'une pompeuse et bien en chair représentante de la haute, accompagnée de son non moins trapu mari, vint trébucher sur le
« *piano à bretelles* » comme certains remarquables quelque peu hautins et dédaigneux « *musicos* » le nommaient. Le fait est que la vénérable dame trébucha sur l'instrument et vint atterrir de tout son poids sur moi, m'étouffant littéralement avec sa généreuse et opulente poitrine.
Surpris et à moitié sonné, comme si un rouleau compresseur m'était passé dessus, j'essayais de me dégager comme je pouvais, et paraît-il, je saisis à pleines mains à moult reprises ses volumineuses glandes mammaires.
T'aurais vu le mari ! « *La crise !* »
Je ne vous raconte pas, va donc lui expliquer que j'essayais seulement de me dégager.
Eh oui ! La vie est parfois comme cela : elle vous place allégrement dans des situations impossibles, et après, débrouille-toi pour te dépatouiller.

6

« Arthur et son accordéon »

C'est curieux, je me suis toujours demandé le pourquoi de notre ignoble situation. Nous serions soi-disant d'après nos éminents et honorables dirigeants, dans un pays riche et civilisé, où l'on traite tous les citoyens avec la même justesse. J'ai souvent vu sur les frontons de nos fastueux bâtiments, notamment les Mairies, Quelque chose comme.

« LIBERTÉ ÉGALITÉ FRATERNITÉ »

Eh oui, malgré mes bien éphémères études, j'arrive à déchiffrer certains mots. Seulement, je ne vois pas où ils veulent en venir avec cette déclamatrice tirade.
Reprenons.
« LIBERTÉ ».
Très bien, mais pour qui, pour quoi et sous quelles conditions ? Ils ont certainement oublié l'astérisque et l'explication en bas du texte. Je suppose que c'est certainement une omission, ou un manque de place.
Passons, à la suite.
« ÉGALITÉ ».
Là j'avoue qu'ils ont fait fort, « les bras m'en tombent » ! Je dois avouer que je n'ai jamais compris nom plus cette histoire de chute des bras. Mais, je m'égare, « revenons à nos moutons ». Encore un mauvais exemple. Je parle des moutons.
Je suis désolé, mais je ne peux pas éviter d'imaginer de jeunes touristes Anglais, victimes de ces expressions bien de chez-nous, c'est comme si je les entendais.
« My god ! This language is confusing. What are these stories of falling arms, and sheep? I think I'll opt for Chinese. »
(Mon Dieu ! Cette langue est déroutante. C'est quoi ces histoires de bras qui tombes, et de moutons ? Je crois que je vais opter pour le chinois.)

« FRATERNITÉ ».

Voilà, ouf ! Cette fois, nous entrons dans le vif du sujet !
Du sujet ? De quel sujet ? S'il y a quelque chose d'inadapté dans ce triptyque, c'est bien ce mot, vous ne croyez pas ? Je peux vous assurer, que vous ne trouverez pas un citoyen qui croit à cette honorable affirmation. Si ma déduction est exacte, égalité signifie la même chose pour tout un chacun, je ne me trompe pas n'est-ce pas ?
Allez ! Je vous mets au défi de me trouver des exemples concrets. Je suis certain, que même en faisant surchauffer vos neurones, vous allez piteusement caler sur cet exercice. Mais je ne suis pas étonné outre mesure, ce mot n'a pas de sens, ou plutôt « plus de sens ». J'imagine même que l'on pourrait aisément le supprimer du dictionnaire, « J'en mettrai ma main à couper ». Et affirmatif, personne ne s'en offusquerait.
Je suis désolé pour vous les Anglais, j'ai encore utilisé une de nos expressions favorites. « *Rest assured, in France, we no longer cut them but for a long time* ». (Soyez rassurés, en France on ne coupe plus les mains depuis longtemps).

Alors pourquoi traitez-vous certains de vos concitoyens de cette manière ? Vous savez, ce n'est certainement pas par plaisir, ou perverse jouissance, que l'on pratique cet atypique et original mode de vie. Non ! Détrompez-vous, nous ne sommes pas des

« *masos* », ni adeptes d'une obscure secte ou religion, partisans de la vie au plein air, qui pratiquerait de plus le jeun et l'abstinence. Bon ! Abstinence, c'est peut-être un peu « *too much* », surtout concernant la boisson. Mais c'est encore une idée reçue. Si nous buvons, ce n'est pas par plaisir, c'est la seule manière que nous avons trouvé pour combler le manque de chaleur, et lorsque j'évoque cette agréable sensation, ce n'est pas seulement celle qui nous est généreusement donnée par notre bien altruiste soleil, c'est aussi celle qui nous fait dramatiquement défaut de la part de nos semblables humains.

Vous dépensez des milliards pour des causes soi-disant magnanimes, ou humanitaires, c'est indéniablement admirable, et même charitable. Si seulement, vous preniez quelques minutes pour vous apercevoir que nous sommes là, juste au coin de votre rue. Seulement, pour vous, nous n'existons pas. Nous faisons partie du mobilier urbain, et vous nous traitez de la même façon. Un bon coup de « *karcher* » et voilà, tout est comme neuf. Oui messieurs, c'est tout ce que nous valons à vos yeux, et puis quel honneur pourriez-vous tirer à vous occuper de notre triste sort ?

Aucune publicité, et aucune caméra présente, qui pourrait vous mettre en valeur. C'est comme un coup d'épée dans l'eau : il devient invisible en quelques dixièmes de seconde. Non ! pour vous il faut une véritable mise en scène, presque un scénario dans lequel vous seriez le protagoniste, le « héros » qui vient au secours des pauvres déshérités. Comme c'est pathétique. Le pire, c'est que même votre conscience ne vous juge pas. Vous l'avez tellement briefée, qu'elle n'ose plus vous adresser le moindre reproche, c'est fort quand même, vous ne croyez pas ?

7

Même s'il est parfois un peu obtus et opiniâtre, je n'irais pas jusqu'à le qualifier de « simple d'esprit », non, peut-être un peu borné parfois, je ne comprends pas toujours son alambiqué raisonnement. Je parle, vous l'avez deviné, de mon ami de galère, Arthur.
C'est vrai, que tout comme moi, il n'a pas eu de chance dans la vie. Comme je vous l'ai déjà appris, d'origine Espagnole, « Arturo Lopez », avait quitté son Andalousie natale, pour tenter sa chance chez nous.
En bon travailleur, il s'était fait sa place à la force de ses bras, dans la construction, pas comme beaucoup d'autres que je connais, qui accourent pour bénéficier des largesses de nos généreux systèmes sociaux.
Arthur était enfant unique, il avait été élevé par sa mère, son père ayant trouvé la mort pendant la Guerre civile de 1936-1939. Il avait un temps fréquenté la petite école de son pittoresque village blanc, « Pozuelo

del monte », perché sur les abruptes montagnes de la province de « Granada ». Manquant de tout à la maison, c'est à l'age de quatorze ans qu'il décida de quitter sa terre natale pour comme l'on dit en Espagne, « *Buscarse la vida* » (partir pour gagner sa vie).

Et, grâce à son esprit tenace et débrouillard, le voici arrivé à Toulouse. Dès le lendemain, il était engagé dans un chantier de construction, dans lequel, en quelques années, il n'allait pas tarder à devenir contremaître. Tout serait allé pour le mieux si par malchance, le nouveau Maire, tout juste élu, n'allait pas mettre fin au chantier, laissant une bonne vingtaine d'ouvriers à la rue, sans le moindre revenu.

Et voilà comme Arthur ainsi que beaucoup d'autres collègues, se retrouvèrent du jour au lendemain, dans la plus grande des précarités. Inutile de vous dire qu'à l'époque, sans contrat, ni déclaration aux services sociaux, il n'eut d'autre choix que de quémander quelques pièces dans les rues, pour se nourrir. Voilà comment on passe en quelques heures de manager correctement payé à mendiant, sans un sou.

Et tout comme moi, il n'eut qu'une seule idée en tête : Monter à la capitale. C'était là qu'il allait errer dans les rues, sans aucune aide ni assistance, mise à part quelques nuits de grand froid dans les immondes centres d'hébergement. Quelques mois plus tard, il recueillit son compagnon à quatre pattes, que l'on avait lâchement abandonné en l'attachant à un arbre dans le bois de Vincennes. Il avait trouvé un ami, mais aussi une autre bouche à nourrir.

Ils n'allaient plus se quitter. Seulement, à partir de là, les centres lui seraient interdits, les animaux n'étant pas acceptés dans ces palaces. Alors, pour se protéger du froid, ce fut le début de la débrouille. Quelques vieilles couvertures que de généreuses personnes avaient eu la gentillesse de lui donner, et des tas de boîtes d'emballages en carton pour lui permettre de supporter les basses températures de la nuit.

Pour se nourrir, son vieil accordéon qu'il trainait comme son ombre, lui permettait de ramasser quelques petites pièces, qu'il s'empressait de transformer en nourriture pour « Adolf » et pour lui. Et s'il en restait un peu, il s'offrait en prime, une canette de bière à la superette du coin. Arthur, n'aurait jamais osé chaparder le moindre bien ou nourriture. Il avait toujours été ainsi. Sa pauvre mère lui avait inculqué des valeurs, auxquelles il n'aurait osé déroger sous aucun prétexte. C'est bien souvent dans les rebuts des marchés, ou même dans les poubelles, qu'il trouvait de quoi se nourrir, lorsque les cachets de la journée avaient été maigres. Malgré son aménité et toujours apparente bonhomie, Arthur savait aussi se défendre, il n'était pas bon lui chercher des noises car les coups partaient au quart de tour. Plus d'un en avait déjà fait les frais, surtout si l'on s'en prenait à « Adolf » qu'il considérait comme son enfant. Par sa ténacité, il avait réussi à gagner les beaux quartiers, lui qui avait débarqué à Paris à la gare « d'Austerlitz ». Et comme vous le savez déjà, c'est là dans une cellule du Commissariat du quatrième, que nous avons fait connaissance.

8

Je pourrais vous parler de mon compagnon d'infortune pendant des heures. Je connais sa vie dans le moindre détail, presque aussi bien que la mienne. Son enfance, son adolescence, ses aventures et avatars avec la « *Guardia Civil* » (Gendarmerie), qu'il avait maintes fois dupé et à laquelle il avait échappé pour arriver en France. Sa venue à Toulouse, ses déboires et réjouissances avec ses compagnons d'infortune, et son dur labeur dans les pénibles métiers de la construction. Mais aussi ses joyeux dimanches de liesse et jubilations, toujours bien arrosés, ainsi que ses malentendus avec les petits copains des jolies demoiselles, qu'il essayait avec maladresse de séduire, à l'occasion des notoires bals populaires.

Je crois sincèrement, que nous étions faits pour nous rencontrer. Dommage que notre amitié ait dû naitre dans les pires moments de nos vies car j'aurais aimé le

connaitre, dans un contexte, une conjoncture plus décente et normale. Nous aurions certainement, fait de grandes choses ensemble. Mais qui sait, dans ce cas, nous ne nous serions certainement jamais connus.
Alors, c'est très bien comme cela, je vous assure. Aujourd'hui je n'ai aucune amertume ni rancœur. J'étais certainement destiné à cette vie de misère, comme d'autres au bonheur et à l'opulence, mais que voulez-vous, comme l'on dit « à chacun son destin ».
Pourtant, je suis certain que si nous avions eu l'opportunité, beaucoup d'entre-nous seraient devenus d'éminents notables et qui sait, des dirigeants, aux plus hauts lieux.
Ce que je dénonce avec fermeté, ce n'est pas cette insolente et ostentatoire « ÉGALITÉ » sur nos frontons de Mairie, je sais parfaitement qu'elle n'existera jamais, mais tout simplement un peu plus de partage et de justice, juste, un travail pour avoir la possibilité de se nourrir, et un modeste et décent abri, je crois que ce n'est pas trop demander !
Pourtant, je suis loin d'être dupe, je sais que c'est un rêve, une illusion, une douce chimère, qui ne deviendra jamais réalité.
Pouvez-vous imaginer ne serait-ce qu'un instant, ces éminents et distingués milliardaires, distribuant le trop-plein de leurs coffres fors « *Helvétiques* », dans de lourdes et joufflues enveloppes à chacun des nécessiteux, à l'instar du « *Père Noël* » ?

Comme ce serait drôle, n'est-ce pas ? Ou encore, puisque nous sommes dans la dérision, ne nous en privons pas ! « Envoyer une carte d'invitation ».
« Non là je déconne. J'oubliais qu'on n'a pas d'adresse fixe ». Faire remettre une carte d'invitation à tous les « *clodos* » du coin, pour la réception du samedi soir, à laquelle assisterait « la crème de la crème » du chic et luxueux tout Paris. Fantastique non ?
Vous voyez, on est libre de tout imaginer, et même de se marrer un bon coup, sur le dos de notre lamentable et pitoyable vie de misère.
Bon ! ce n'est pas le tout, il faut aller bosser, je vais réveiller ce fainéant d'Arthur, tous les jours c'est pareil ! Après le repas de midi, il se pique une sieste, je pense qu'il se croit encore en Espagne.

— Arthur ! C'est l'heure ! On doit encore se taper la onze, jusqu' à « Bastille », aller-retour, avant notre prestation des « halles » ! Ce n'est pas le moment de lézarder !

— Oui, oui ! C'est bon Charles ! « Ma parole, il se prend pour mon ancien Boss ».

Et nous voilà partis pour le turbin. Il faut bien se nourrir et surtout boire. Lorsqu'on fait le Métro, Arthur laisse toujours « Adolf » avec sa « Nounou », un gentil Papi, auquel nous donnons un coup à boire de temps à autre. Vu son âge, il ne peut plus trop travailler, alors il nous dépanne en gardant le clébard. Lorsque je parle de déjeuner, vous pouvez aisément l'imaginer, ce n'est pas «la grande bouffe ». On se

partage une boîte de sardines ou de maquereaux, c'est vite fait. Heureusement, on ne lésine jamais sur la boisson, c'est notre seul plaisir.
En parlant de sardines une anecdote me vient à l'esprit. Un jour, nous flânions dans la supérette du coin et par inadvertance je mis deux boîtes de sardines dans ma poche, voilà t'y pas, qu'arrivés à la caisse, ce con d'Arthur me fait une scène, pas possible.

— Eh Charles ! Je t'ai vu ! Sors tout de suite ce que t'as mis dans ta poche, ça ne se fait pas, de resquiller !
Avec cette foutue manie qu'il a de ne jamais vouloir s'approprier le moindre objet ou denrée, en plus il se permet de me mettre en évidence devant tout le monde, surtout qu'aujourd'hui la boutique est pleine à craquer.

— Oh ! La honte !
Non ! Pas pour moi ! Pour l'arabe de la caisse.
Les clients ne l'ont pas loupé.

— C'est ignoble de t'en prendre à un pauvre mendiant, pour deux minables boîtes de sardines, et encore, même pas à l'huile d'olive.
Rien à faire c'est plus fort que lui, alors désormais la corvée des courses c'est moi qui me les tape. Je préfère, sinon avec lui ce serait la ruine.
C'est fou comme chez lui, les bonnes manières ont la vie dure. Moi ça ne me pose pas plus de problèmes que ça, après tout, le plus souvent, le soir ou les dimanches, leurs minuscules locaux sont souvent

pleins à craquer et désordonnés, je ne fais que dégager un peu plus de place.

J'ai aussi un truc pour me taper une ou deux bières à l'œil. Je me place dans le coin le plus caché et je les bois sur place, ensuite je passe en caisse avec une babiole, et le tour est joué. Dans cette vie il faut bien se débrouiller, personne ne te fait de cadeau.

Quant à Arthur, il est trop bon, ça le perdra, c'est sûr. Dans notre situation, nous ne pouvons pas nous permettre de jouer les Grands Seigneurs, ce serait très vite notre ruine.

Bon c'est vrai, cela m'arrive aussi quelques fois, d'être magnanime. Je me souviens, un jour, un de ces messieurs en costume cravate, traversait la rue, et un chauffard le renversa. Ni une, ni deux, je me portais à son secours, et le trainait jusqu'au trottoir, il était sonné mais il bougeait encore. Alors je criais pour que quelqu'un prévienne les secours, normal. Dans un élan d'altruisme, je ramassais son portefeuille en cuir noir abandonné au milieu de la chaussée et je le mis en sécurité, dans mon sac en plastique presque neuf, de marque, « Auchan », des fois que quelqu'un d'indélicat ne s'en empare par mégarde. De nos jours les gens n'ont plus le moindre respect. Comme les secours étaient arrivés, je m'effaçais discrètement. Moi je ne cherche pas les médailles ni les honneurs, d'autres se seraient précipités pour se venter.

Bon il se trouve que je n'ai plus entendu parler de ce monsieur, et va savoir dans quel hôpital ils l'ont

conduit. Alors faute de pouvoir lui rendre son bien, je l'ai gardé. Dedans, il avait tous ses papiers et trois cents euros. J'ai juste gardé l'argent. Le portefeuille et le reste ont fini dans la « Seine », il ne manquait plus qu'on m'accuse d'avoir des papiers volés en ma possession : les flics ne rigolent pas avec ce genre de délit. C'est vrai, ils ne nous font pas de cadeaux, comme il y a quinze jours, avec Arthur et les copains du coin, alors que nous avions décidé pour nous détendre, de monter une « rave party » le long de la « Seine » sous les arches du « pont neuf », vu que va savoir pourquoi, ces fils à Papa, pour ne pas les traiter de fils d'autre chose, comme « péripatéticienne », s'obstinent à nous interdire l'accès aux boîtes de nuit. Alors nous avons dû organiser la nôtre, mais attention, sérieusement, avec videur et tout. Et pas question de drogue comme chez eux : juste de l'alcool. Nous sommes peut-être pauvres mais sérieux. Au début, tout s'est bien passé, « Jojo » s'était occupé de la « *sono* », un Radiocassettes presque neuf qu'il avait trouvé un jour dans une poubelle du B.H.B.
Deux fois quinze watts, je peux vous dire que ça décoiffait. Seulement comme toujours, cet imbécile d'Arthur, il a fallu une fois de plus, qu'il fasse son intéressant. À chaque fois qu'un « bateau mouche » passait, il baissait son froc et montrait ses fesses, et les autres cons, par mimétisme sans doute, en faisaient autant. Inutile de vous dire que ça n'a pas duré : les flics du premier nous ont vite dégagés.

Pourtant, je l'avais prévenu, je me doutais que ça allait finir en « Sucette ».

— Arthur ! Fais gaffe, ne déconne pas ! Ici c'est le Premier arrondissement, nous ne sommes pas chez-nous.

9

« C'est terrible quand même, cette minable vie que je mène, alors qu'il aurait suffi d'un petit coup de chance, comme gagner un « loto », par exemple, et ma vie aurait drastiquement changé du tout au tout. Oh ! Je ne demande pas des millions. Tout juste posséder un petit pavillon, avec son jardin pour inviter les amis, à un barbecue le dimanche et suffisamment d'argent pour manger à ma faim. Et qui sait, j'aurais peut-être trouvé une fille qui veuille bien de moi, je l'aurais épousé et nous aurions certainement eu des enfants. Je les vois déjà courir, et se rouler dans l'herbe verte. Je m'imagine rentrer à la maison de mon petit boulot à l'usine, ma femme qui m'attendrait avec un ravissant sourire, et mes enfants se blottissant contre moi, en criant « *Papaaa* » ! Rien que d'imaginer, j'en ai les larmes aux yeux.

Oui ! Ce serait vraiment merveilleux, un véritable et adorable doux songe. Je me vois, partir en pique-nique le dimanche avec ma famille, ou encore, certains vendredis soir, apprêter ma voiture. Parce que j'aurais possédé une belle voiture. Et partir pour un week-end à Deauville, comme tout bon parisien qui se respecte. Puis, au mois d'août, prendre l'autoroute du soleil pour le sud de la France, ou qui sait, plus loin, l'Italie ou l'Espagne. Oui pour l'Espagne, Arthur m'en a tellement parlé, de son pays. Quel merveilleux mirage, quelle fabuleuse existence, mais hélas, pour moi une impossible et inatteignable chimère. Quelque chose à laquelle je n'aurai malheureusement jamais accès, qui m'est définitivement interdit. Pourtant, « ÉGALITÉ » c'est bien affiché en lettres capitales sur les frontons des Mairies, je ne l'ai pas inventé. C'est censé s'appliquer à chaque citoyen de ce pays, non ? Ou alors, c'est que je n'ai rien compris, je ne dois pas être un citoyen. Mais alors que suis-je ? Un animal ? Non, les trottoirs sont saturés de magnifiques toutous, que l'on promène bien toilettés, bichonnés et pomponnés à souhait. Bon c'est vrai il y a « Adolf », il a dû être exclu de la société des animaux, tout comme nous. Mais alors, le triptyque des frontons concernerait-il seulement un groupe, ou une caste en particulier ? Existerait-il, plusieurs niveaux de citoyens ?
De toute évidence, oui ! Cela expliquerait bien des choses. C'est fou ce que j'ai pu être naïf pendant toutes ces années, je comprends mieux pourquoi nous

n'étions pas traités avec le même égard. Pourtant j'ai entendu dire que des gens qui arrivent d'ailleurs, aussi crasseux que nous, sont immédiatement pris en charge par toute une myriade d'associations qui les dorlotent avec une diligente et extraordinaire sollicitude, leur procurant de l'argent, de quoi se loger et se nourrir. Pourtant, nous qui sommes là depuis toujours, croupissons dans la misère et la rue. Alors, expliquez-moi ça ! Il y a quelque chose qui ne tourne pas rond, vous ne croyez pas ? Ou alors, c'est moi qui n'ai rien compris !
Bon, il est tard, je vais essayer de dormir un peu, les employés de la voirie passent de bonne heure !
— Et Arthur ! Pousse-toi un peu, tu prends toute là place, et laisse-moi un carton ou deux, je crois qu'il va pleuvoir cette nuit.

10

— Arthur ! Arthur, t'es réveillé ?
— Non, mais maintenant oui, qu'est-ce que tu veux !
— Non rien de spécial, je voulais juste savoir si tu avais pu dormir un peu, avec cet orage. Moi je n'ai pas réussi à fermer l'œil de la nuit. Et en plus je suis trempé jusqu'aux os.
— Non moi j'ai bien dormi, ça va !
— Bien sûr, t'as pris les meilleurs cartons, et tu as ronflé comme un phoque.
— Moi ronfler ? Charles tu exagères, je ne ronfle jamais.
— Oh l'autre ! Écoutez-moi ça, t'es pire qu'une locomotive à vapeur.
— Bon ! Si on pensait à prendre notre petit déjeuner ? Est-ce qu'on a quelque chose ?
— Je vais voir, mais je ne crois pas.
— Bon attend, je m'en occupe, je vais essayer de

trouver de quoi nous rassasier !
— Oui ! Mais où ?
— T'occupe ! Je reviens.
Charles, allait très vite trouver une brasserie, et commander deux cafés à emporter. Pendant que le serveur préparait sa commande il allait s'approprier discrètement trois croissants dans la corbeille en osier, posé sur le zinc. Immédiatement il sortit de sa poche une quantité inimaginable de pièces jaunes, qu'il posa sur le comptoir.
— Voilà ! le compte y est !
Quelques minutes plus tard, il était de retour auprès de son ami Arthur.
— Monsieur est servi ! Tiens « Adolf » j'ai aussi un croissant pour toi.
— Mais Charles, d'où as-tu sorti l'argent pour tout ça ?
— Ne t'en fais pas, j'ai fait une « carte bleue ».
« Bon, il faut bien se débrouiller dans la vie, puisque c'est la seule qu'ils nous ont affectée. Cela étant, qu'ils ne viennent pas se plaindre si l'on prend quelques initiatives, après tout, c'est de bonne guerre ».
Oui bien entendu, je suis bien conscient que quelquefois, il nous arrive de prendre quelques aises avec le bien d'autrui, mais, c'est notre seule façon de subsister, de vivre, ou plutôt vivoter, puisque ce n'est pas nous qui creusons le « Trou de la Sécu » ou le déficit de « l'ANPE », et encore moins des généreuses

« Allocations Familiales ». Pourtant il y en a qui ne s'en privent pas, c'est même devenu pour certains la première source de revenus. Et comme c'est curieux, cela n'a l'air de déranger personne. Aucun contrôle aucune vérification ni suivi, pourtant tout cela serait facile à vérifier, et croyez-moi payer quelques contrôleurs de plus, rapporterait des milliards à l'état. Voilà une autre question incompréhensible. Quelle drôle de façon de gérer les revenus des pauvres gens, qui triment dur toute leur vie, jusqu'à la retraite, lorsqu'ils y arrivent. Pendant ce temps certains, bénéficient ouvertement des largesses de nos services sociaux, ils se la coulent douce, profitant du système, et je ne parle pas là des milliardaires. Eux c'est une tout autre question, non je pense aux petits malins dont la seule activité se limite à chercher les failles et d'en profiter. Bref, je ne veux pas m'étendre davantage sur le sujet, je pense que vous avez tous saisi, et puis je sais pertinemment que ce n'est pas moi qui vais régler le problème, puisque ceux qui auraient la possibilité de le faire, ne semblent pas s'y intéresser. Alors, si vous permettez, nous allons changer de sujet, oui, un sujet sur lequel nous les, je ne sais plus comment nous définir, puisque selon mes remarques, nous ne serions pas des citoyens normaux ou « lambda », comme ils aiment à dire. Nous serions d'après mes déductions, une étrange espèce mi-humaine mi-bête, mais attention, je ne parle pas des chanceux toutous à sa

« Mémère », qui mènent une vie royale enviable par n'importe lequel d'entre nous.

Peut-être, une sorte de croisement raté, se traînant le plus souvent dans les obscurs recoins cachés et insalubres de nos villes, et auxquels on jetterait une pièce dans leur gamelle, ou un croûton de pain, juste pour observer leur réaction. Tout comme au Zoo, lorsqu'on lance des cacahuètes ou un trognon de pomme aux Chimpanzés. Oui, vraiment, je pense que l'on pourrait nous définir de la sorte.

C'est vraiment triste, vous ne trouvez pas ? Et pourtant c'est bien ainsi que nous voyons défiler les jours et les nuits de notre pauvre existence. Sans projets, sans espoir, sans futur, nous traînant à vos pieds sans la moindre honte ni pudeur, d'ailleurs, il y a bien longtemps que nous les avons définitivement perdues, nous exhibant comme des bêtes curieuses pour avoir le droit de subsister jusqu'au lendemain, si nous avons la chance de résister au terrible froid de la nuit, et qui sait, revoir le soleil se lever et réchauffer nos corps transis. Bon, je ne voudrais surtout pas passer pour un pathétique pleurnichard, avide de continuelle assistance, comme beaucoup s'octroient le droit d'exiger. S'ils ont décidé de nous ignorer, nous leur rendons la pareille.

Non ! Il nous reste encore un peu de cet honorable sentiment que l'on nomme fierté. En parlant de fierté, avec Arthur, nous sommes en train de composer une nouvelle chanson, pour renouveler un peu notre répertoire. Eh oui ! nous aussi pouvons être des poètes, seulement, ce n'est pas chose facile, et ce n'est pas par manque de talent, comme je vous soupçonne de le penser. Non ! C'est juste que pour composer notre nouveau « Single », nous devons éviter les notes correspondant aux touches manquantes sur l'accordéon d'Arthur. Ah ce foutu clébard ne nous simplifie pas la tâche, mais bon, ça avance bien. Je crois qu'il pourrait être terminé pour la prochaine fête de la musique, en septembre. Sans me vanter, je pense qu'on va faire un tabac, je le sens. Qui sait, avec un peu de chance, il pourrait même nous sortir de la misère.

Je vous aurais bien chanté le refrain, mais Arthur ne veut pas dévoiler la moindre note, on pourrait nous piquer le thème. Le monde du « Showbiz » est un vrai panier de crabes, on ne se fait pas de cadeau, c'est chacun pour soi.

En parlant de cadeaux, moi et Arthur avons une règle à laquelle on ne déroge jamais. Pour nos anniversaires on s'offre toujours un bouquet de fleurs. C'est comme ça, depuis toujours, et puis elles ne nous coûtent pas cher, on va se servir parmi les bouquets en exposition sur l'autel de l'église « St Merri ».

11

C'est vrai que jusqu'à présent, je ne vous ai rien révélé de ma vie sentimentale. Ce n'est pas par omission, c'est plutôt par manque d'arguments concrets. Il faut bien admettre que sur ce point, en ce moment, c'est plutôt tranquille, et à vrai dire pour être sincère, cela l'a toujours été. Bon pas tout à fait, j'ai eu mes premiers émois lorsque j'étais en CM2 à l'école communale de « Cestas » et puis un peu plus tard, vers dix-sept ou dix-huit ans, je suis passé aux choses sérieuses. Si j'ai le temps, je vous en parlerai plus tard, seulement hélas, cela n'a pas duré. Depuis mon arrivée à Paris, c'est un peu le calme plat, et ce n'est pas par manque d'initiative. Seulement, je ne sais pas vraiment pourquoi, les jeunes femmes, et même les plus âgées semblent se détourner de moi. C'est incompréhensible, puisque je m'ingénie toujours avec insistance, à leur faire des compliments.

Chaque fois qu'une d'entre elles, passe à notre portée, elle à droit à mes empressantes déclarations toujours pleines de pertinente courtoisie.

J'avoue que je ne sais pas ce qui « cloche », pourtant ça part toujours d'un bon sentiment.

Si ! C'est vrai j'oubliais, l'autre jour, j'ai bien failli concrétiser.

Je l'ai tout de suite remarquée, dès qu'elle a tourné le coin de la rue, et s'est avancée en notre direction, en poussant son « caddie » plein à craquer de cartons, chiffons et ustensiles dépareillés, je me suis dit, « celle-là, elle est pour moi ».

Arrivée, à ma hauteur, je l'ai apostrophée comme à mon habitude, bon je dois admettre, que ce n'était pas du premier choix, par les temps qui courent, je n'étais pas en mesure de faire le difficile.

Elle a immédiatement stoppé son « véhicule », et s'est adressée à moi avec un manifeste air ostentatoire et je dirais même, un tant soit peu dédaigneux.

— Qu'est-ce qu'il veut le « gentil gentlemen » ?

Je ne me suis pas démonté, et je répliquais.

— Bonjour ! Rien de spécial, juste faire honneur à votre attractive et brillante magnificence !

Vous voyez sous nos airs bourrus, on peut aussi manier le verbe lorsque c'est nécessaire.

— Arrête tes conneries, et passe-moi une clope !

Bon ! c'est vrai, que le ton a très vite repris ses routinières coutumes.

— Je suis désolé, je ne fume pas, et mon ami

Arthur non plus ! Mais posez-vous un instant, on peut discuter, je vais essayer d'en taper une à un passant !

— J'espère que tu n'es pas en train de me faire du « *Gringue* », ça ne marche pas avec moi !

— Arrête ! Loin de moi cette intention, je voulais Juste discuter un peu et peut-être te payer un café si tu veux ! Mais ne sois pas trop difficile, les mecs comme moi ne courent pas les rues,

— Et avec ça, prétentieux, non mais tu t'es vu ? Pauvre type, t'as de la chance que je sois pressée, sinon j'irais porter plainte pour harcèlement.

Maintenant, les hommes se croient tout permis, heureusement qu'il existe encore quelques-unes d'entre nous, qui ne se laissent pas faire. Mon dieu, dans quel monde on vit ?

Comme vous voyez, ce n'est pas évident de trouver un peu de réconfort, même parmi les nôtres, on n'est pas vraiment solidaires. Pourtant on a des besoins comme tout un chacun. Même les professionnelles refusent. Faut dire aussi qu'on n'a pas les moyens de s'offrir une prestation même de troisième classe. Pour nous c'est hors de prix.

Bon, si vous le permettez, passons à autre chose, quoi qu'il s'agisse aussi d'un problème important et je dirais même primordial.

Je vous raconte. Le mois dernier, Arthur est tombé gravement malade, je pensais même qu'il ne s'en sortirait pas. Je dormais tranquillement, et tout à coup, je vois qu'il se met à faire des bruits bizarres, comme s'il s'étouffait. J'essayais de le dégager comme je pouvais, mais ce con était tellement lourd que je n'arrivais pas à le bouger. Faut dire qu'il a pris du poids, c'est vraiment une énigme pour moi, je ne sais pas comment il fait, alors qu'on « crève la dalle » à longueur de journée.

Le fait est, que j'ai réussi à le traîner jusqu'aux urgences de « l'Hôtel Dieu ».

Nous nous sommes installés sur une banquette de la salle d'attente. Immédiatement, les autres patients se sont plaints et nous ont pris à partie. Même l'infirmière de l'accueil nous a demandé de sortir. Je ne savais plus quoi faire, Arthur commençait à devenir bleu.

Heureusement pour lui, un médecin qui passait par hasard, demanda sa prise en charge immédiate. Un quart d'heure à peine plus tard, tout était rentré dans l'ordre. Cet imbécile, avait avalé une partie du bouchon en liège de sa bouteille de vin.

Ce n'était pas la première fois qu'il me faisait des misères. Il faut toujours qu'il fasse son intéressant et qu'il nous mette en évidence, c'est plus fort que lui. Il faut dire aussi, que questions de soins, nous sommes loin de pouvoir bénéficier des droits fondamentaux, qui selon la loi, nous correspondent.

Je cite la loi :

PROTECTION UNIVERSELLE MALADIE

« Toute personne qui travaille ou réside en France de manière stable et régulière a droit à la prise en charge de ses frais de santé à titre personnel et de manière continue tout au long de sa vie : tel est le principe de la protection universelle maladie ».
Maintenant, je vous pose la question.
—   Croyez-vous que nous les sans-abris,
Bénéficions de cette prise en charge des frais de santé à titre personnel et de manière continue, tout au long de notre vie, comme stipule la loi ?
Je vous laisse réfléchir tranquillement, avant de formuler votre réponse. Une autre loi fondamentale, qui nous concerne, cependant loin de moi de vouloir vous gâcher votre journée, avec mes insensées et ineptes exigences.
—   Puisque je suis en forme, je vous fais part aussi :

(ASSEMBLÉE PLÉNIÈRE 16 JUIN 2016
ADOPTION : UNANIMITÉ)
Je vous cite un passage du paragraphe 4
JORF n°0149 du 28 juin 2016 texte n°62

« La loi n° 2007-290 du 5 mars 2007 instituant le droit au logement opposable et portant diverses mesures en faveur de la cohésion sociale (DALO) permet ainsi aux personnes mal logées de faire valoir leur droit à un logement (ou un hébergement) digne, devant un juge. Elle fait peser sur l'État, non plus seulement une obligation de moyens, mais une obligation de « résultat ». Je pourrais ainsi, vous citer d'autres textes, qui nous concernent, seulement, je pense que je vous ai fait subir assez de désagréments et pesants embarras pour cette fois. Alors je vais revenir à des sujets plus légers.

Une anecdote concernant « Adolf » me vient à l'esprit. Pourtant l'illustre « sac à puces » de mon ami Arthur, n'est pas un animal agressif ni acerbe avec les passants.

Cependant, un soir ou nous étions tranquillement assis sur le porche d'un immeuble, une propriétaire qui voulait accéder à son appartement, nous demanda de nous pousser pour dégager le passage. Alors sans la moindre difficulté, moi et mon collègue, nous accédions à sa légitime demande. Seulement « Adolf » qui dormait sur ses deux oreilles, refusait de se lever.

La gentille dame, eut l'inopportune idée de le bousculer avec son sac à provisions. Le « cabot » surpris, eut une réaction de défense brutale, et s'acharna sur le panier, et son contenu s'éparpilla sur le trottoir. Alors ce fut le drame absolu, elle commença à crier et ameuter tout le quartier. Comme vous pouvez aisément l'imaginer, les flics ne tardèrent pas à faire leur apparition. Pour nous deux, ce fut aussitôt la conduite au poste, mais pour « Adolf », c'est en fourrière qu'il allait se retrouver. Et c'est là, que les choses allaient se gâter. Pour Arthur, la seule manière de le récupérer, consistait à payer une conséquente amende, dans le cas contraire il serait euthanasié.

Seulement, mon ami n'avait pas de quoi payer, ne serai-ce qu'un dixième de la « rançon » demandée, alors n'écoutant que mon cœur, je réglais la totalité de la contravention, avec les trois cents euros que je destinais pour notre voyage au soleil. Souvenez-vous, c'est ceux que j'avais réussi à récupérer dans le portefeuille, du malheureux accidenté, avant de le jeter dans la Seine.

12

« Adolf »

Mon projet de partir au soleil venait de tomber à l'eau, sans mauvais jeu de mots. Cependant je suis fier de moi. Malgré les restrictions et déconvenues qu'il nous pose, je dois avouer que j'aime bien notre « sac à puces », c'est finalement le seul qui ne nous juge pas et qui n'est ni rancunier, ni vindicatif. Et le seul en qui nous pouvons placer notre entière confiance.
Je vais vous raconter une anecdote, ou plutôt un fait qui aurait pu m'être tragique.

Il y a quelques semaines, alors que nous pernoctions sous le pont « Louis-Philippe », nous avons été pris à partie par un groupe de voyous. Ils ont commencé par nous réveiller avec des insultes, et non contents, ils ont continué à nous importuner, en nous donnant des coups de pied tout en nous arrachant nos cartons. Alors, moi et Arthur, nous ne nous sommes pas laissé faire : nous avons riposté à coups de poing, seulement nous avons très vite été submergés sous le nombre. La rixe a fini en bagarre générale, et l'un de nos assaillants m'a asséné un violent coup à la mâchoire, qui m'a fait chanceler. Finalement à moitié assommé, j'ai fini dans la Seine.
Au lieu de me porter secours, ils ont détalé comme des lapins. Je vous assure qu'à ce moment précis, j'avais vu ma dernière heure arriver, d'autant que ni moi ni mon collègue, ne savions nager.
Et voilà-ti-pas que notre bon vieil « Adolf », se jeta instantanément à l'eau, lui qui comme nous, en avons horreur, alors que je m'apprêtais à inspecter le fond du fleuve, il attrapa in extremis, le col de ma veste, avec sa gueule, et tira ma tête hors de l'eau. Alors je me suis accroché à lui de toutes mes forces, et il m'a ramené jusqu'à la berge. J'étais sauvé. C'est quelque chose d'incroyable, surtout de la part d'un animal, peu entrain à se mouiller un seul poil de son sublime pelage. Cela fait réfléchir sur l'âme des supposés êtres supérieurs que nous sommes. Quelle cuisante leçon de

courage et de vaillance, pour nous les pauvres arrogants et prétentieux « *Homo sapiens* ».

Oui ! Nous les humains, serions bien avisés de prendre cette valeureuse conduite pour exemple. Elle nous montre que notre vaniteuse arrogance nous aveugle, au point de nous satisfaire de nos pingres et mesquines attitudes envers nos semblables. Et que dire envers nos fidèles animaux, qui nous comblent sans mesure, de leurs généreux sentiments.

Sans hésiter un instant, je pense que la race humaine, est de loin la pire de la création, Nous sommes de méchants vicieux, empreints d'un féroce et cruelle avarice, violents et impitoyables à l'extrême. Capables du pire pour arriver à nos fins et satisfaire notre ignoble et impitoyable médiocrité. Mais aussi, méprisants et dédaigneux, n'hésitant pas à piétiner ou torturer nos semblables et commettre les pires atrocités, par simple lucre ou avarice, quand ce n'est pas pour satisfaire notre funeste ou sinistre plaisir. Eh oui hélas, c'est aujourd'hui, mon triste constat.

Comment en sommes-nous arrivés là, j'avoue que je suis incapable d'apporter ne serait-ce qu'un début de réponse. À mon humble avis, nous sommes comme cela par nature, c'est dans notre ADN.

Bon ! Je m'arrête là, je pense que notre espèce vient de prendre une bonne dose de piqure de rappel.

13

Je ne voudrais pas que vous pensiez, que je sois un farouche critique sans pitié, envers notre race. Heureusement, tout le monde n'est pas à mettre dans le même panier, j'en veux pour preuve les sympathiques personnes désintéressées qui prennent sur leur temps libre, pour faire la « maraude », et nous apporter un peu de réconfort en nous offrant une couverture, un sandwich ou un café chaud. Pour moi ce sont eux qui font que l'être humain n'est pas tout à fait dédaigneux et méprisable. Ils contribuent par leurs gestes serviables et vertueux, à sauver l'infime partie de salutaire, qui subsiste, dans notre impétueuse et arrogante, race des seigneurs.
Il y a aussi les « petites gens », presque tous retraités, vivotant comme ils peuvent avec leur maigre pension, qui sont les plus généreux, et nous accordent parfois quelques paroles réconfortantes, qui nous font tant de

bien. Ces quelques simples mots, comme parler de la pluie ou du beau temps, ou de la vie en général, nous vont droit au cœur et nous donnent l'impression pour un court instant de faire partie de la société. Cela ne m'étonne pas, puisqu'ils ont pour la plupart connu la guerre, la misère et les privations tout comme nous.

À ce sujet, une anecdote me vient à l'esprit !

L'autre jour, une gentille petite dame de quatre-vingt-cinq ans. « Et ne croyez pas que je sois un goujat en me permettant de révéler son âge, c'est elle-même qui me l'a confié ». Revenons à mon récit : cette aimable dame, nous a gentiment demandé comme une faveur, à moi et Arthur, si nous pouvions donner un petit concert pour le centième anniversaire de sa maman qui se trouvait en maison de retraite.

« Elle adore l'accordéon, et vous serez payés naturellement ». D'une seule voix, nous avons répondu par l'affirmative.

— Avec grand plaisir, et pour votre maman, ce Sera gratuit.

— Oh merci ! C'est très généreux de votre part, nous vous en serons éternellement redevables.

— Non, madame, c'est nous qui sommes très honorés.

Aussitôt, nous nous rendîmes jusqu'à la vénérable institution, où demeurait sa maman. « Adolf étant resté comme dans ces cas d'urgence, avec sa nounou, nous fûmes reçus par le directeur, sur le perron de la porte.

— Je suis désolé, ce ne sera pas possible, ici c'est un établissement de standing, il est hors de question que des gens comme eux, pénètrent dans notre établissement, de plus, nous avons notre propre personnel pour les événements !

— Mais Monsieur, ma maman adore l'accordéon, et pour vos événements, c'est toujours « du Bach ou du Schubert ». Je vous en prie, faites une exception !

— Non Madame, n'insistez pas, c'est inenvisageable. la maison a sa réputation à défendre. Voilà un exemple s'il en fallait, de cette ignoble bêtise humaine, indigne et méprisante, que je vous décrivais précédemment. Bien entendu, c'est avec grande peine et regret que nous dûmes renoncer à notre prestation, seulement, c'était bien mal nous connaitre. Je fis parvenir à l'aimable ancienne un « Walkman avec sa cassette d'André Verchuren et son orchestre », que j'avais « Emprunté » dans un magasin de musique.

Quelques fois, il faut savoir s'arranger avec sa conscience. Pour moi je peux vous l'assurer, cela ne représente aucun effort ni difficulté, je la maîtrise parfaitement. Je parle de ma conscience, vous l'avez compris ! Ce n'est pas le cas d'Arthur, qui se laisse très vite déborder, ce qui l'empêche de dormir tranquille au moindre petit accroc.

En parlant de mon ami Artur et sa conscience, une anecdote me vient à l'esprit. Bon plutôt qu'une anecdote, c'est une initiative qui aurait pu lui couter cher.

C'était l'été dernier. J'avoue que je ne sais pas comment il s'était débrouillé. Le fait est qu'il avait sympathisé avec une roturière de passage, puisque nous ne l'avions jamais aperçu dans le quartier. Pourtant c'était l'une des nôtres, et apparemment, cela ne datait pas d'hier. Elle devait avoir la soixantaine bien tassée, le fait est que cet imbécile d'Arthur, s'était laissé charmer par la belle demoiselle. Bon là je suis un peu gentil avec elle, vous me connaissez, je le suis toujours avec les dames. Arthur, m'avait demandé si nous pouvions l'héberger, pour un temps, et naturellement, moi qui ai toujours le cœur sur la main, j'avais immédiatement accepté. D'autant que mon ami n'avait pas fréquenté une personne du genre féminin depuis des lustres. Je trouvais normal qu'il puisse s'amuser un peu, cela devait le démanger depuis longtemps.

Pourtant quelque chose clochait, à peine quinze jours après, ils parlaient, « bon surtout elle » de mariage. J'avais bien essayé de raisonner mon ami, seulement cet imbécile était tombé amoureux comme un adolescent, et refusait de m'écouter.

— Arthur ! Ce n'est pas une femme pour toi ! Tu ne vois pas, que c'est par pur intérêt, en plus elle veut se taper un petit jeune, elle a au moins cinq ans de plus que toi, ouvre les yeux bon sang !

Seulement, plus j'essayai de le dissuader, plus il s'accrochait à elle.

— Charles ! Tu es jaloux, voilà tout ! Je vais

l'épouser, que ça te plaise ou non ! J'ai le droit d'avoir une vie heureuse et épanouie, pourquoi tu essaies de casser notre couple ?

— Arthur, écoute-moi ! Comment peux-tu penser une seule seconde que je puisse essayer de t'empêcher d'être heureux, tu sais que ce serait mon plus grand souhait, mais tu ne vois pas ce qu'elle cherche ? Tu crois vraiment que c'est pour tes beaux yeux, qu'elle s'accroche à toi comme une sangsue ? Réfléchis un peu, ces femmes, ne cherchent qu'une chose. L'argent, et un homme pour le mener par le bout du nez, rien d'autre, et s'il est jeune comme toi, mieux encore.

Je t'assure, si tu l'épouses, tu seras perdu. Je te connais, tu es trop naïf, elle te fera faire ce qu'elle veut, et qui sait jusqu'où elle peut t'emmener.

Comme je l'avais deviné, quelques jours plus tard, au petit matin, « Alberte » Oui c'est ainsi que se prénommait l'heureuse fiancée, avait disparue avec le contenu de la gamelle. Pourtant, ce n'est pas faute de l'avoir prévenu. Nous avions perdu le début de notre fortune, mais j'étais heureux d'avoir récupéré mon Arthur.

14

« Gare St Jean, Bordeaux »

Vous voyez, aucun milieu n'échappe à la cupidité et à la convoitise. Même nous, pauvres malheureux, ne sommes pas à l'abri, décidément tout cela me réconforte dans mes idées sur le genre humain. Les personnes, quelles que soient leur rang ou leur situation dans la société, sont prêtes à s'entretuer pour s'approprier le bien d'autrui. Et certains, comme notre chère « Alberte », n'ont aucun scrupule à jouer avec les sentiments.

Pauvre Arthur, parfois il me fait pitié, il est incapable de déceler la véritable finalité des autres.
Pour lui, tout le monde est gentil et sans arrières pensées, après, ce n'est pas étonnant qu'il se retrouve comme maintenant, bon à « ramasser à la petite cuillère ».
C'est fou, comme il est difficile de changer le caractère des individus, aussi bien pour le bien que pour le mal. On dirait que nous avons été programmés avant notre naissance, et que rien ne peut venir modifier notre logiciel. Et ce n'est pas la première fois que mon ami se met dans le pétrin.
Une autre de ses nombreuses anecdotes, me vient de suite à l'esprit !
C'était en décembre dernier, enfin je crois. Il avait décidé de tenter sa chance à la loterie. Tout nerveux, il avait insisté pour que nous achetions un ticket chacun. Moi bien sûr, je n'étais pas très chaud, et de plus, ce n'est pas donné, en considérant aussi que la chance de toucher quelque chose, est infime. Mais têtu comme il est, il a lourdement insisté, d'après lui, c'était une affaire en or, qu'il ne fallait pas laisser passer. Il connaissait une personne qui pouvait nous les procurer à moitié prix. Seulement, même en raclant nos fonds de poches, nous n'en avions même pas pour le quart de la somme, et surtout, plus le temps pour attendre une nouvelle rentrée d'argent. Alors, pour qu'il me fiche la paix, j'ai dû une nouvelle fois taper dans ce qu'il me restait des trois cents euros. Arthur

euphorique, s'est empressé d'aller chercher les foutus tickets. Et comme vous avez déjà deviné, il s'est fait avoir en beauté. Tout ce qu'il a réussi à récupérer, ce furent des photocopies en couleur, sans la moindre valeur. Voilà notre Arthur, exerçant avec brio et panache, dans une de ses nombreuses et ingénieuses affaires commerciales. Malgré tout, il est, et restera toujours mon ami, que voulez-vous ? Je n'oublie pas qu'il a été là pour moi dans les pires moments de ma vie. Et puis que serait notre existence, sans un peu de douce folie, et ubuesques imprévus ?

Sans transition, et pour changer de sujet, je vais vous parler de mes amourettes d'adolescent, vu que je vous l'avais promis, si j'avais un peu de temps. Donc, ça tombe bien, j'ai pu vous dénicher un petit créneau dans mon agenda.

Mais, je vous préviens, surtout, ne vous attendez pas aux aventures des personnages de « Vivien Leigh et Clark Gable », dans « Autant en emporte le vent ». Ou bien, « Kate Winslet et Leonardo DiCaprio » dans « Titanic », moi ce serait plutôt du genre « Michel Blanc » dans « les Bronzés font du ski ». Et encore, là sans la moindre pudeur, je me flatte.

Comme je vous l'ai déjà indiqué, j'ai quitté l'école à quatorze ans. Aussitôt après, ma seule et unique activité se limitait au travail de la ferme, et ce n'était pas la panacée. Je n'avais pas une seconde à moi, il fallait se lever à six heures trente du matin pour la traite des vaches, que je devais aussitôt emmener au pré. Puis refaire la litière, et pour moi qui avait un mal fou à lever la fourche, c'était le plus difficile. J'avais des ampoules sur les mains, qui n'avaient pas le temps de cautériser. Puis je devais donner à manger aux nombreux animaux qui restaient à la ferme, les cochons, les moutons, et les innombrables animaux de basse-cour. Après la petite pause du déjeuner, c'était l'interminable travail des champs. Puis s'occuper de rentrer les vaches, suivi de la longue et épuisante traite du soir. Tout cela sept jours par semaine et trois cent soixante-cinq par an.

Lorsque j'ai eu quinze ou seize ans, « Gérard », mon père adoptif, m'a concédé la pause du dimanche après-midi. Ce fût pour moi une petite victoire. Je l'attendais chaque semaine avec impatience. Après une bonne douche, je partais sur la vieille bicyclette de la ferme jusqu'à Bordeaux. Là je pouvais me défouler dans les rues et nombreux bars du centre-ville, où je retrouvais quelques copains pour des parties de « babyfoot ». Entrainé par des amis plus âgés, j'allais très vite connaitre le grand et attendu délice du baptême du feu. C'est-à-dire ma première rencontre avec une gentille dame qu'il fallait tout de même payer, pour obtenir ses services. Je me souviens de ma première fois, j'avais « emprunté » un billet dans la « boîte à sous » comme ils l'appelaient. C'était un simple coffret métallique ayant contenu des galettes Bretonnes. Avec ces quelques francs, j'avais tout juste assez pour rémunérer la demoiselle. Là je suis très gentil, s'en était sans doute une, mais arborant la cinquantaine bien tassée, que l'on pourrait apparenter à un bon vieux cru, plus qu'à un beaujolais nouveau. Avec mon petit billet, le choix était très limité, alors inutile pour moi de faire la fine bouche, je devais me contenter du menu du jour.

Un peu plus tard, vers dix-sept ans, j'ai tout de même réussi à me trouver une copine de mon âge, qui veuille bien sortir avec moi. Ce n'était pas facile, les filles de la ville méprisaient les « bouseux » comme elles nous appelaient, et même si je m'ingéniais par tous les moyens à cacher ma provenance, elles se rendaient très vite compte de la supercherie. Les femmes pour cela doivent avoir un sixième sens, c'est certain.

Avec ma copine « Alice », nous faisions des longues promenades le long de la « Garonne », et lorsqu'il faisait chaud, nous dégustions une bonne glace ou un soda, à une des nombreuses terrasses. Lorsque nous avions un peu plus d'argent, il nous arrivait d'aller voir un film, enfin je dirais plutôt au cinéma, toujours dans les places du fond. Seulement voilà, notre idylle s'est très vite terminée, lorsque j'ai eu dix-huit ans et que j'ai quitté la ferme. Sans la possibilité de chaparder quelques pièces dans la fameuse boite, je n'ai eu d'autres options que de mendier et dormir dans la rue, c'est à ce moment qu'« Alice » m'a quitté. Peu de temps après j'allais prendre la décision définitive d'emprunter un train à la Gare St Jean pour venir à Paris. Je vous avais prévenu, mon histoire ne restera pas dans les annales des « Plus fantastiques histoires d'amour ».

15

« Charles Duval »

Bien, désormais, vous connaissez toute ma vie amoureuse, et vous avez compris, il n'y a pas de quoi en faire un roman. Voyant que ce n'était pas mon fort, j'ai opté pour d'autres activités. Il n'y a pas que le sexe dans la vie. J'avais très vite compris que chaparder quelques petites babioles ici et là, pouvait être jouissif, et m'apporter un certain plaisir non négligeable, puisqu'en même temps, il me permettait de diversifier mes revenus.

C'était devenu d'ailleurs ma principale rentrée d'argent. Bon c'est vrai, c'est, un peu plus compliqué depuis que j'ai rencontré Arthur. Avec sa fichue manie de refuser ma méthode de ravitaillement, il a mis un sérieux frein à mes ambitions.

Dernièrement, j'ai entendu dire que nous pouvions bénéficier d'une aide, comme les vrais humains. J'ai donc essayé de me renseigner. Seulement partout où je me suis rendu, on m'a répondu, lorsque j'ai eu la chance de pouvoir passer le pas de la porte, que personne n'était au courant. Je ne voudrais pas passer pour un « pleurnichard », mais je soupçonne les valeureux employés de l'administration de faire tout leur possible pour nous maintenir dans l'ignorance. Il me semble qu'il serait pourtant simple de nous octroyer nos droits légitimes, sans que nous ayons à faire des « pieds et des mains ». Comme on m'a suggéré une fois, où j'ai eu la chance de passer la première barricade et parvenir avec grand mal, jusqu'au comptoir de l'accueil,

— Vous devez monter un dossier solide et revenir le déposer, en temps et en heure, si vous voulez avoir une petite chance d'être éligible aux droits.

Sans lui aucune demande n'est recevable !

Mais bon sang ! Comment veulent-ils que nous présentions tout un tas de documents, dont j'ignore même à quoi ils correspondent, et où je peux me les procurer. Je vous laisse vous faire votre propre opinion. Cependant, reconnaissez, que l'on ne nous facilite pas la tâche.

C'est tout de même triste de vivre cela, pour nous qui ne demandons pas grand-chose aux autorités, ils ne peuvent pas nous accuser de ruiner le pays.

Bon j'arrête de faire mon geignard, ce n'est pas mon genre, et pourtant j'aurais tant de choses à dire.

— Allez Arthur, réveille-toi, la sieste et terminée,
On va bosser un peu, sinon, tu vas encore *« raller »* si je me ravitaille à ma façon.

Hélas, notre misérable vie est comme cela, et je suis certain, qu'elle ne risque pas de changer de sitôt. Après, on nous traite de fainéants et crasseux soulards à longueur de journée, parce que nous noyons notre hideuse et sinistre solitude dans l'alcool. Mettez-vous un peu à notre place, bande de pathétiques condescendants. Je voudrais bien vous y voir, avec vos costumes trois-pièces, taillés sur mesure, passer ne serait-ce que vingt-quatre heures à notre place. Mais à quoi bon de se faire du mal, cela n'arrivera jamais. Quoique faites bien attention à vous, la roue peut très vite tourner. En attendant, nous sommes là, et pour longtemps. Pour nous la fameuse roue ne risque pas de virer, elle ne le fait que dans un seul sens, alors essayons de nous y faire, nous avons écopé du maximum, une condamnation à perpétuité.

Quand je pense au gâchis pour notre société, ce sont des inconscients, pensez un peu, moi qui rêvais de devenir astronaute, j'aurais pu être célèbre et apporter gloire et splendeur à la France, qui sait ? J'aurais très bien pu être le premier homme à mettre le pied sur la lune. Seulement voilà, les « Yankees » ont été plus malins, ils ont su reconnaitre le potentiel caché chez l'un des leurs, « *Neil Armstrong* ». Qui vous dit que s'ils n'avaient pas cru en lui, il ne serait pas aujourd'hui devenu l'un des nôtres.

16

Oui bien évidement, on ne le saura jamais, moi je n'en demandais pas tant. Je sais que les places sont chères dans ce métier, mais on aurait tout de même pu me donner ne serait-ce qu'une infime opportunité de m'élever un peu dans l'échelle sociale. Je ne sais pas, Commandant dans la Marine ou pilote de chasse, quelque chose comme cela de plus abordable, pour mon intellect, compatible avec mon niveau scolaire.
Mais non ! Même pas cela, tu es né dans la misère, et tu y resteras « ad vitam æternam ».
Je vous rassure, je ne vais pas m'attarder plus longtemps sur mon maussade et lamentable sort, c'est déjà assez pénible pour certains d'entre vous, de vous imposer notre présence, je ne vais pas vous accabler davantage avec mon sinistre et insupportable discours, ce serait le comble.

Et pour changer, justement une anecdote concernant « Adolf », me vient à l'esprit.

C'était l'année dernière, nous donnions tous trois, notre habituel concert dans le joli et verdoyant petit parc de la tour « St Jacques ». Ce jour-là, les affaires se présentaient bien, les nombreux touristes, moins radins que les Autochtones, nous gâtaient, sans retenue. Pourtant tout à coup, une épouvantable bagarre éclata. Un odieux clébard, se jeta sur « Adolf » et en un instant, un véritable combat à mort s'engagea. Notre « sac à puces » surpris en plein milieu de ses vocalises, n'eut pas le temps de réagir et se retrouva la gorge transpercée par les terribles morsures de l'affreux molosse noir et blanc, je sus plus tard qu'il s'agissait d'un « Américain Staffordshire Terrier, dit staff », qui avait échappé à ses maitres.

Moi et Arthur croyions avoir perdu pour toujours notre partenaire. Il gisait là, amorphe et ensanglanté, et nous, à ses côtés hagards et sidérés, les larmes aux yeux, devant notre compagnon d'infortune qui agonisait, sans personne pour lui porter secours.

Par chance, voyant le triste spectacle, une gentille petite dame, avait déclenché sa médaille de secours qu'elle portait au cou, en cas de malaise. Quelques minutes plus tard, une ambulance faisait son apparition, pour lui porter secours.

— Madame, cet appareil est prévu pour votre

usage personnel, en aucun cas pour un animal ! Rassurez-vous, ce n'est pas grave, nous allons prévenir les urgences vétérinaires.

Et c'est ainsi qu'Adolf fut conduit à la clinique de garde, du 4e arrondissement. Il allait être immédiatement opéré, ce qui lui sauva la vie. Le lendemain, nous sommes allés prendre de ses nouvelles, notre joie alors fut indescriptible. Malgré son imposant pensement qui lui couvrait entièrement la tête et qui laissait à peine apparaitre ses yeux, il nous reconnut immédiatement, il fit mine alors de se lever, mais s'écroula sur le champ. Le vétérinaire nous rassura.

— C'est normal, il est encore faible, et de plus, l'effet de l'anesthésie ne s'est pas encore totalement dissipé. Seulement une semaine plus tard, lorsque nous sommes allés le récupérer, une surprise bien moins joyeuse nous attendait. La jolie secrétaire nous présenta aimablement une facture avec une somme, qui dépassait ce que nous avions appris à l'école. Ni moi ni Arthur ne fumes capables de lire son montant. Jamais nous n'avions vu autant de chiffres alignés ensemble.

Le Docteur, qui nous apportait « Adolf », cette fois sur ses quatre pattes, joliment agrémenté d'une superbe collerette blanche, nous passa la laisse et déchira la facture.

— Allez, prenez bien soin de lui !

Ce fut un joli geste plein de générosité et d'altruisme que nous n'oublierons jamais. Tout n'est pas encore perdu, il reste encore quelques rares exemplaires, de charitables et désintéressés individus sur terre.
« Adolf » allait très vite se remettre de sa tragique agression, et reprendre sa place dans le groupe.

17

À un certain moment, je ne sais plus très bien, Arthur, très pieux, s'était mis en tête de faire partie de la chorale de notre belle église « St. Merri », rue Saint-Martin. Par son éducation catholique, jadis, il avait toujours accompagné sa mère chaque dimanche à la messe de son petit village Andalou. Malgré toutes les douloureuses épreuves traversées, jamais il n'avait perdu la foi. D'ailleurs bien souvent, j'ai dû l'accompagner à l'office, juste pour lui faire plaisir. Moi je n'ai jamais été fan de ces cérémonies. Seulement, je posais toujours une condition, qui n'était pas négociable. Dès la fin du spectacle, nous devions toujours sortir les premiers et nous placer à la bonne place. C'est vrai que nous repartions presque toujours avec notre gamelle pleine.

Après tout, je dois lui accorder, il avait trouvé la combine pour joindre l'utile à l'agréable. Depuis, nous ne manquions pas un dimanche à la messe, mais non content d'assister à la cérémonie, il voulait aussi aller à confesse pour pouvoir communier, comme sa pauvre mère lui avait enseigné.

Pour moi c'était un pas beaucoup trop grand, que je n'étais pas préparé à accomplir. Seulement, avec son têtu caractère, un jour que j'avais baissé ma garde, il réussit l'exploit de me convaincre. Me voici, pour la première fois de ma vie, devant une petite cabane en bois qu'il appelait Confessionnal.

Le Prêtre ouvrit son volet, et resta à mon écoute. Je prononçais machinalement « le mot de passe » qu'Arthur m'avait appris, lorsqu'il m'avait briefé.

— « Bénissez-moi, mon père, parce que j'ai péché ».
Le curé fit le signe de la croix et répliqua.

— Je vous écoute, mon fils !

Voyant que je ne savais pas mon texte, il me demanda.

— Depuis combien de temps ne t'es-tu pas confessé ?

— Pour être franc, Monsieur, —Pardon, mon Père, c'est la toute première fois !

— Ah oui ! Bon raconte-moi tes péchés, mon fils !

— Je suis désolé mon Père, vous me prenez de court.

J'aurais dû vous faire une liste, je crains fort d'en omettre quelques-uns.

— Ne t'en fais pas, dis-moi ceux dont tu te souviens.

— Bien mon Père, mais je crains que certains Soient un peu difficiles à entendre pour vous !

— Ne crains rien mon fils, à travers moi, tu t'adresses au Seigneur, et rassure-toi, il ne va pas s'offusquer. Il connaît très bien les faiblesses de ses « fidèles ».

Après lui avoir raconté tout ce qui me venait en mémoire, à un certain moment, il m'interrompit.

— Bon ! Effectivement, je vois que ta réserve est Inépuisable. Nous allons y aller par étapes. Pour aujourd'hui, je t'absous de tes péchés, et te propose une petite pénitence. Connais-tu « l'Acte de contrition, mon fils » ?

— L'acte de quoi ?

— « De contrition » la prière pour exprimer le regret de tes fautes !

— Bon alors tu reciteras trois « Notre père ».

À la vue de l'embarras de Charles, le Père, lui proposa un petit recueil de prières.

— Tiens, essaye de les apprendre par cœur, Comme cela tu pourras les réciter la prochaine fois !

— Pour aujourd'hui, c'est moi qui vais le faire à ta place, mais fais un effort, le Seigneur doit voir que tu y mets du tien, c'est important.

« Au nom du Père, du fils et du Saint-Esprit, que la Paix soit avec toi ».

— Mais n'oublie surtout pas, que je t'attends vendredi prochain pour le reste de ta liste !

— Bien entendu mon Père !

« Bon sang, dans quel foutu bourbier m'a encore mis cet ahuri d'Arthur ».

À partir de ce jour, je n'eus pas d'autre alternative que d'aller à confesse, et de plus, pratiquer la seconde indissociable étape, la communion. Bon je dois vous avouer, que celle-ci était la moins embarrassante, puisque le texte se limitait à dire « Amen ».

Seulement, Arthur allait convaincre sans la moindre difficulté le Père, de nous prendre dans la Chorale. Il s'était efforcé d'apprendre les cantiques, et c'est lui qui remplaçait un dimanche sur deux le vieil organiste, qui après de longues années à la paroisse, voulait prendre sa retraite. Je dois avouer, qu'il avait réussi à m'étonner. Il avait appris les nombreux morceaux par cœur, sans connaitre la moindre note de solfège, et puis celles qui manquaient à son accordéon passaient inaperçues parmi le brouhaha du chant des fidèles. J'avais appris quelque chose ce jour-là : La foi peut accomplir des miracles.

Un autre avantage aussi, même s'il ne remplaçait pas le revenu de notre quette à la sortie de la messe, le Père, octroyait toujours un petit pécule à Arthur, pour sa participation musicale. Moi bien entendu, j'étais un simple bénévole comme le reste du chœur. Cela a duré quelques mois jusqu'à ce qu'un jeune petit con, vint proposer de reprendre la place d'organiste. C'est à ce moment qu'Artur s'est retrouvé sans travail. Alors même si nous continuions à assister à la messe du dimanche, nous avions dû nous trouver une autre source de revenus. Et celle-ci était toute trouvée, reprendre la bonne vieille mendicité.

Oui comme je vous l'ai déjà laissé entendre, la roue ne tourne que dans un sens : « vers le bas ».

18

« Fontaine Stravinsky »

Comme j'ai dit à mon ami, nous sommes faits pour vivre dans la rue, et c'est là que nous rendrons notre dernier souffle. Je n'avais pas eu à le convaincre, il le savait parfaitement.
Pourtant cela n'allait pas nous abattre, vous savez. Sous nos airs frêles et gringalets nous sommes des durs à cuire, nous savons encaisser au-delà de nos propres limites. Ces petits contretemps, étaient pour nous une manière de nous rendre plus forts et résistants.

En parlant de résistants, une anecdote me vient à l'esprit.

Ce fut tout au début de notre installation dans le quatrième. Comme vous devez vous en douter, ce quartier est l'un des plus concourus de la capitale pour exercer notre noble métier. Oui ! vous avez bien lu, « *noble* ». Je suis absolument certain que beaucoup d'entre vous sont en train de se dire, « *Il déraille le pauvre homme* ».

Réfléchissez un peu, pour une fois !

Bon excusez-moi, je m'emporte parfois. Après tout, nous vous devons les maigres deniers, qui nous permettent de survivre. Si vous me le concédez, je reviens à mon histoire. Nous venions d'arriver de province, presque en même temps, par le plus grand des hasards. Et bien entendu, la première chose à faire était de trouver le meilleur endroit de la capitale : là où nous pourrions prospérer le plus vite, avec le moindre effort. Le bouche-à-oreille nous apprit très vite que le quatrième arrondissement était du premier choix. Pour moi cela tombait à pic, c'était justement là que j'étais né, ou en tout cas que l'on m'avait gentiment déposé, devant la magnifique église « St. Merri », de la rue Saint-Martin. Seulement, vous vous en doutez, le moindre recoin était déjà occupé depuis longtemps et pas question de laisser des pauvres provinciaux venir ne serait-ce que flâner sur ce domaine. À ce moment, je ne connaissais pas Arthur, mais il vivait la même aventure que moi.

Je reviens à mes moutons. Je m'apprêtais à prendre possession d'un recoin de la magnifique place de la « *fontaine Stravinsky* » juste en face du plus que célèbre « Centre Georges Pompidou ».
Sans crier gare, une dizaine de mes collègues me tombèrent dessus. Vous pouvez aisément imaginer le spectacle. Je ne sais pas comment cela fut possible, sans doute dû, à mon état alcoolisé avancé. Chez-moi l'alcool me donne des forces herculéennes, le résultat fut que je réussis à me dégager et à flanquer quelques bonnes dérouillées aux plus agressifs et belliqueux de mes assaillants, à tel point que tous les autres prirent immédiatement « la poudre d'escampette » sans demander leur reste. Une demi-heure plus tard, j'étais dans une cellule de dégrisement du Commissariat Central de Police, Boulevard Bourdon, celle-là même où je connus Arthur, qui avait vécu l'identique mésaventure la veille. Dès le lendemain, nous étions libres, et les « Caïds » incontestés du quatrième.
Depuis, nous avons fait notre chemin, comme j'ai essayé de vous le raconter, avec nos quelques moments de joie, et la plupart de souffrance et de douleur, essayant avant tout de garder la tête haute, et un tant soit peu d'amour-propre.
Avec grande difficulté, nous nous accrochons à cette vie, pourtant si injuste avec nous. Malgré tout, je ne suis pas du genre à garder une quelconque rancœur ou amertume à l'égard de cette dédaignable et miséreuse

existence. J'en suis certain, beaucoup d'autres à ma place auraient jeté l'éponge depuis longtemps.

19

Après avoir épuisé nos ressources et notre précieux temps à essayer de prospérer et nous faire une place dans ce monde d'incompréhensibles dédaigneux, ne voyant toujours rien venir, avec Arthur, nous nous sommes décidés à agir, d'un commun accord en passant à l'offensive. C'était il y a à peine trois mois. Arthur et moi avons planifié un « hold-up » à la petite succursale d'une banque du quartier. Malgré le fait que nous étions à ce moment-là des profanes en la matière, nous avons traité cette périlleuse opération comme de véritables « pros », pour éviter de nous faire épingler avant même de passer à l'action. Naturellement, nous devions avant tout garder le secret le plus absolu, et connaissant Arthur, ce n'était pas gagné d'avance.

Vous l'ignorez certainement, mais je peux vous affirmer que mon bon ami, est plus bavard qu'un perroquet. À chaque fois que l'on rencontre l'un de nos compagnons d'infortune, il ne peut s'empêcher de lui raconter sa vie, la mienne et celle d'Adolf, dans les moindres détails. Et lorsqu'il est à court d'idées, il invente sans la moindre retenue d'effarants et inconcevables récits, auxquels le plus grand des niais n'y croirait pas. Bien, tout cela pour vous dire, que je ne pouvais pas tout lui confier, loin de là.

Sans la moindre expérience, nous avons dû nous mettre au « parfum » avec les moyens du bord, et pour cela nous nous sommes initiés à la lecture. Oh ! Pas celle de « Molière, Maupassant ou Balzac », non ! les vieux journaux encore lisibles, trouvés dans les poubelles du quartier. Plus précisément les pages des faits divers relatant des affaires concernant notre sujet d'intérêt. C'est fou les idées que l'on peut trouver, dans les simples colonnes de ces vieux papiers. Une vraie mine d'or, tout y est relaté à la perfection, comme dans un manuel du « Parfait petit délinquant ». Après cela, il n'y avait plus qu'à suivre les instructions à la lettre.

Et c'est ce que nous nous sommes efforcés de réaliser pour mener à bien notre plus que périlleuse entreprise.

 Comme je vous l'ai déjà laissé entendre, mon acolyte et complice Arthur n'était pas au courant de tout, bien évidemment. Pour tout vous dire, il ne savait même pas que nous allions braquer une banque. Avec sa fâcheuse manie de ne jamais vouloir s'approprier le bien d'autrui, en aucun cas, il n'aurait accepté. Pire, il se serait opposé et sans la moindre retenue il m'aurait

dénoncé aux flics ce con. Le connaissant très bien, j'ai réussi à l'embarquer dans l'affaire, non pas en lui dévoilant mes véritables intentions, disant que nous allions perpétrer un « hold-up », bien sûr, pour lui j'avais juste remplacé ce mot par un « emprunt ». Pendant que je cherchais dans les vieux journaux les braquages de banques, je lui avais demandé de me trouver les articles relatant les meilleurs placements pour faire fructifier notre argent. De toutes manières, comme il savait à peine lire, j'étais pénard.
Seulement, le jour « J » approchait et là il fallait bien passer à l'action. Sachant par avance qu'il n'allait pas accepter de pénétrer dans la succursale avec une arme à la main, je lui avais octroyé le rôle de mon garde du corps.
— Arthur, je compte sur toi ! Lorsque je vais sortir avec l'énorme somme du « prêt », tu dois surveiller mes arrières, tu sais que les rues ne sont pas sûres, et on n'est pas à l'abri d'une agression. Tu restes à l'extérieur avec « Adolf », et tu surveilles bien les alentours !
— Oui Charles, ne t'en fais pas, tu ne risques rien, nous sommes là !
Le moment venu, le trio se dirigea vers la banque, et chacun prit sa place comme prévu.
Arthur et Adolf attendaient sur le trottoir à l'extérieur, pendant que Charles, flanqué de son vieux manteau en laine de chameau et emmitouflé d'une écharpe et d'un bonnet d'une indéfinissable matière, pénétra dans

l'établissement bancaire, en se dirigeant d'un pas lent mais assuré vers le guichet de la caisse. Arrivé à proximité de l'employée, il sortit un pistolet en matière plastique de la poche de son répugnant manteau, et braqua son arme sur la vénérable dame qui faillit s'évanouir, en criant :

— C'est un hold-up ! Vite passe le fric ou je tire !

A ce même instant, Arthur, qui ne s'était rendu compte de rien, arriva en criant.

— Charles ! Fais gaffe, ne te fais pas avoir, surtout !

Exige un taux fixe, je l'ai lu dans le journal.

Inutile de vous décrire la suite, vous l'avez deviné, Charles et Arthur furent arrêtés et allaient passer deux mois à l'ombre. Le seul qui s'en tira fut Adolf, qui prit ses pattes à son cou et disparut dans les jardins des halles, où il attendit patiemment, la libération de ses deux complices.

20

Vous auriez vu notre joie, lorsque nous avons retrouvé « Adolf ». Je vous assure, j'avais la larme à l'œil. Jamais je n'aurais pu imaginer me retrouver dans un état pareil, pour un simple « clébard ».
Faut dire qu'il est attachant ce foutu « sac à puces », avec son air de chien battu. Et je ne parle pas d'Arthur. Pour lui, c'est comme son enfant. C'est simple : lui, si calme et pondéré, serait capable du pire pour le défendre. Pourtant, il nous en a fait voir, *« des vertes et des pas mûres »*.

Justement, au sujet d'Adolf, une anecdote me vient à l'esprit. Pas plus tard que l'été dernier, je ne sais pas comment ça s'est passé, le fait est que nous prenions tranquillement notre déjeuner favori, de succulentes sardines à l'huile pas chères, de chez l'Arabe du quartier. Voilà-ti-pas qu'un superbe toutou à sa mémère passa à notre auteur, ni une ni deux, Adolf toujours à l'affut de tout ce qui porte un jupon. Oui en fait, le gentil toutou était une gentille femelle, « Bichon maltais ». Immaculée, elle avait échappé à la garde de sa maitresse qui la suivait, à deux cents mètres en criant à tue-tête « Lily ! » « Lily ! », essayant désespérément de la rattraper. Pourtant, ce fut « Adolf » qui s'en saisit le premier.

Environ deux mois plus tard, un beau soir alors que nous nous apprêtions à prendre nos quartiers pour dormir, la maîtresse de la gentille « Lily », vint nous trouver avec un panier en osier dans lequel grouillaient six petits chiots.

C'étaient les plus jolies bêtes que je n'avais jamais vues.

— Alors, on fait comment maintenant ? Invectiva
La dame.

— Madame, nous ne pouvons pas les garder,
Faites-en ce que vous voulez ! Répliqua Arthur.

— Vous m'avez mal comprise, ces chiots valent
de l'or, toutes mes amies les veulent ! Et je ne vous dis pas, même « Karl » en veut un !

— Karl, quel Karl ? Pas le …

— Si ! lui-même, et il n'est pas le seul !

Je vais être honnête avec vous, puisque je vois que vous ne pouvez pas vous en occuper, je vais les garder, mais voilà pour vous, j'avais déjà prévu. La dame leur remit une enveloppe avec trois mille euros.

Charles et Arthur n'en revenaient pas, cette somme était faramineuse, colossale, jamais ils n'avaient possédé autant d'argent.

— Arthur, cet argent est à toi ! À toi, et à Adolf !

— Non Charles ! tu te trompes, elle est à nous trois ! Et nous allons la dépenser jusqu'au dernier centime, nous allons partir au soleil comme tu voulais, et lorsqu'il ne restera plus rien nous reviendrons chez-nous, ensemble.

21

Une semaine plus tard, ils étaient de retour à Paris. Ils avaient retrouvé leur quartier, leurs rues, leurs habituelles galères, mais ils étaient comblés.
Adolf leur avait permis de vivre une semaine de rêve, une semaine inoubliable, qui restera gravée dans leur souvenir à jamais.
Désormais, ils n'étaient plus les mêmes, bien sûr, ils étaient toujours aussi pauvres et dépourvus, aussi miséreux et ignorés. Seulement, ils avaient pu connaître la vie des vraies gens, pendant une semaine, juste une simple semaine, oui, mais pour eux presque une éternité.
C'est fou comme un peu d'argent et quelques loisirs, peuvent faire toute la différence. Arthur était désormais intarissable, sur ce fabuleux voyage au sud de la France. Ses conversations avec nos amis étaient devenues à présent de vraies aventures dignes du

célèbre « Indiana Jones ». Fallait le voir, raconter et surtout exagérer à l'extrême, le moindre petit fait sans importance, qui nous était arrivée.

Nous ne remercierons jamais assez la généreuse dame, qui, ayant pu s'approprier tous les bénéfices de ce curieux fait, eut la gentillesse et la mansuétude de partager avec nous. Il faut dire aussi, qu'Adolf, même sans le savoir, avait par ailleurs, apporté sa généreuse contribution.

Quant à moi, inutile de vous dire que j'étais comblé. Grâce à mes amis, j'avais pu réaliser le rêve de ma vie. Je crois sincèrement, que je pourrais désormais mourir tranquille.

C'est incroyable, la place que prend l'amour dans la vie. On ne se rend pas vraiment compte du bienfait qu'il procure, sur notre minable existence. Je crois bien sincèrement, qu'il faut en avoir été privé pour pouvoir pleinement apprécier l'extraordinaire portée de sa puissante et aimable gracieuseté. Bien entendu, la vie nous semblait désormais plus légère, plus amène, plus attentionnée. Même les gentils fonctionnaires de la voirie, avec leurs lances à eau nous paraissaient plus respectueux et affables. Cependant, je suppose que c'était un simple mirage, un joli tour que nous jouait notre esprit. Nous sommes sortis de notre torpeur, un beau jour d'hiver, et lorsque je dis beau, j'exagère un peu : le thermomètre frôlait les moins dix, et la petite pluie de la veille avait recouvert nos minces cartons d'une épaisse couche de glace. De plus, cette nuit-là, personne n'était venu nous apporter un réconfortant petit café chaud. Voyez comme tout ce qui est beau agréable et bienfaisant, peut disparaitre aussi rapidement, et vous faire replonger dans la triste réalité. Dans le fond, il faut en prendre son parti. Nous sommes ce que nous sommes et rien ni personne n'essaiera de changer notre destinée. Pourtant les possibilités existent, elles sont là à la portée de main de tous ces valeureux dirigeants qui nous gouvernent, enfin qui gouvernent les vrais humains, j'oubliais que nous n'en faisions pas partie. Vous voyez, même moi je me prends pour ce que je ne suis pas. Quelle effrayante turpitude de ma part. Comme quoi, personne n'est parfait.

22

Une autre mauvaise nouvelle allait nous accabler ce jour-là. Notre gentil petit vieux copain, et occasionnellement « la Nounou » d'Adolf, qui nous avait si souvent rendu service, et qui était devenu comme un père pour nous tous, fut retrouvé mort de froid, recroquevillé sous ses cartons à deux pas de là. Nous n'avons même pas eu le temps de l'apercevoir, et de lui dire adieu, les services funéraires de la ville l'avaient emporté Dieu sait où, dans la plus grande discrétion. Malgré tous nos efforts pour connaître sa destination, il nous fut impossible de le savoir : personne n'était au courant, ou plutôt ils refusaient de nous le dire.
Voilà, si vous ne le saviez pas encore, la manière dont on nous traite. Je vous le disais avant, nous somme exactement semblables au mobilier urbain, qui lorsqu'il ne sert plus, finit directement à la déchèterie.

Vous allez peut-être dire que j'exagère un peu. Détrompez-vous, je ne suis pas loin de la vérité.
Une devinette pour vous ?
Pouvez-vous me dire où vont les malheureux clochards qui disparaissent soudainement de vos rues ?
Je ne voudrais surtout pas être méchant avec vous, braves gens, mais vous êtes-vous déjà au moins posé la question ?
Là je crois que je vous ai eu ! Mais je ne vous en veux surtout pas, ce n'est pas vraiment de votre faute, puisque personne n'en parle, et surtout pas ceux qui le devraient. Pas un mot dans les journaux, à la télévision ou dans n'importe quel autre média, et encore moins dans la bouche de tous ces dirigeants, et je ne parle pas seulement du gouvernement, mais des vénérables associations prêtes à tout pour secourir les pauvres émigrés qui traversent allégrement nos frontières à la recherche d'un monde meilleur. Et je ne peux pas les blâmer, c'est humain, certes, mais avez-vous réfléchi un seul instant, en quoi sommes-nous moins importants pour vous, pourtant vous n'auriez pas beaucoup d'efforts à dépenser pour nous secourir. Alors pourquoi une telle distinction ? Ne sommes-nous pas dignes d'attirer votre attention, comme les autres ?
Réfléchissez un peu, vous les héroïques responsables des associations sanitaires, qui n'hésitez pas à faire

appel à la générosité des pauvres gens, à grands coups de publicité.

Regardez-vous dans une glace, et dites-moi si j'ai tort. Mais j'ai peu d'espoir, votre jugement est déjà rendu, votre choix est fait depuis fort longtemps.

Épilogue

Depuis quelque temps, Charles semble bizarre. Il mange à peine, ne parle presque plus, et semble perdu dans ses pensées. Quelque chose le tracasse. Arthur est soucieux, et ne comprend pas ce qui arrive à son ami.
Charles, sans dire mot, vient de prendre une décision irrévocable : disparaître pour toujours, en se jetant dans la Seine.
« Cette vie me pèse de plus en plus chaque jour, à quoi bon continuer ? Pour quoi, pour qui ? Même si je sais pertinemment que mon geste va faire de la peine à Arthur, mon seul ami, mon seul soutien, mon seul confident, je n'arrive plus à faire face à mon insoutenable désarroi. Je sais que je vais le trahir, que va-t-il devenir sans moi ? Il est bien trop bon pour ce monde de rapaces. Seul, il ne tiendra pas un mois, j'en suis certain. Il va se laisser aller, je sais que je suis son

seul soutien, « Adolf » ne sera pas éternel. Comment fera-t-il pour se nourrir ? Tu l'imagines seul avec son vieil accordéon, et la nuit s'il ne se fait pas agresser, on le retrouvera mort de faim ou de froid sous un pont. Mais, je suis à bout, jamais je n'aurais cru en arriver là, pourtant, j'en ai vécu des moments difficiles, des périodes de déprime, avec des incessantes idées noires qui te taraudent la tête et te rendent fou. J'ai toujours réussi à me soustraire aux vieux démons, aux envies de céder à la facilité, et repousser les limites de résistance et d'endurance aux appels des macabres chants des sirènes qui te harcèlent jour et nuit jusqu'à satiété. Aujourd'hui elles ont gagné, plus rien ne pourra contrecarrer ma décision.

« *Adieu monde pourri !* ».

Charles fait un pas, vers la berge du fleuve, puis un second. Il entame son troisième, qui doit le faire chuter définitivement dans l'eau. À cet instant, une main agrippe fortement son épaule et retiens « in extremis » son inéluctable chute. Surpris, il se retourne. Son ami Arthur est là juste derrière lui, blême.

— Fais gaffe mon vie

Charles, sans dire mot, se retourna et se jeta en pleurs dans ses bras.

Arthur, par ce geste, venait de sauver la vie de son ami, il avait réussi à l'extraire aux griffes de « la grande faucheuse ».

— Tu sais, dans notre métier, on ne baisse pas les

bras. Souvent, nous mourons de faim ou de froid, jamais de notre fait. Nous avons notre honneur, et même si on nous prend pour des sauvages, nous pouvons leur montrer que nous sommes des êtres responsables et forts, capables de subir les pires humiliations sans sombrer dans la dépression, au point de vouloir disparaître. Il ne faut pas leur donner ce plaisir, ils seraient bien trop contents.

Arthur, avec ses apaisantes paroles m'avait redonné du baume au cœur, et chassé au loin mes idées noires, me rendant l'envie de vivre et de continuer de lutter. J'avais honte de lui avoir fait du mal, d'avoir voulu l'abandonner, en pensant égoïstement à moi. C'est certain, sans lui, aujourd'hui je ne serais plus de ce monde. Que seraient-ils devenus, je n'ose l'imaginer. Ils n'auraient certainement pas survécu bien longtemps. Ces ignobles ploutocrates auraient été bien trop heureux de notre disparition. C'est malheureux à dire, mais c'est la pure réalité. Notre seule vue, dérange beaucoup de monde. Pas seulement ces riches personnes, mais aussi quantité d'autres de tous bords et conditions, qui s'offusquent de nous voir occuper un petit bout de trottoir. Pourtant c'est bien parmi toute cette multiple pléthore, que se trouvent les responsables de notre nuisante visible présence.

Cependant, ils ne bougeront pas un petit doigt pour nous donner l'opportunité de mener une vie rangée. Peut-être même, pensent-ils que c'est notre choix, et

notre bon vouloir d'occuper l'espace public, en perturbant la vie harmonieuse des gens normaux.
Non ! Messieurs les tout-puissants, regardez-vous dans une glace et vous verrez les responsables.
Eh oui ! quelle surprise n'est-ce pas !
Le terrible coup de blues passé, j'allais reprendre mes routinières occupations avec mon ami. Oui cette mauvaise passe nous avait rapproché plus encore si c'était possible. Je jurais à Arthur que cela ne se reproduirait plus. Pour moi il était devenu plus qu'un ami : un frère, oui, un véritable frère qui veillait sur moi, tel un « Ange gardien » cela me réconfortait, j'avais désormais quelqu'un sur qui compter, et je ne laisserai personne lui faire du mal. C'était certain, dorénavant, nous n'allions plus nous quitter. J'avais trouvé une famille, celle que je n'avais jamais eu.
À vous tous ! Quelle que soit votre situation actuelle, restez bien sur vos gardes, un de ces jours, sans crier gare, vous pourriez bien vous retrouver à notre place.

— Oui Adolf ! Je sais que c'est l'heure de ta gamelle, arrête une seconde, tu ne vois pas que je parle à des gens ?

FIN

Du même auteur

— **Notre petite Maison dans la Prairie**
 (Récit autobiographique)
— **Les dessous de Tchernobyl**
 (Roman)
— **Le Piège**
 (Roman)
— **Amitiés singulières**
 (Amitiés Amour et Conséquences)
 (Roman)
— **Nature**
 (Récit)
— **La loi du talion**
 (Roman)
— **Le trésor tombé du ciel**
 (Román)
— **Prisonnier de mon livre**
 (Récit)
— **Sombres soupçons**
 (Roman)

Biographie :

Jose Miguel Rodriguez Calvo
né à «San Pedro de Rozados»
Salamanca (Castille) Espagne
Double nationalité franco-espagnole
Résidence: France

Del mismo autor
Publicaciones en Castellano

— **Perdido**
  (Novela)
— **Tierra sin Vino**
  (Novela)
— **El tesoro caído del Cielo**
  (Novela)

Biografía:

Jose Miguel Rodriguez Calvo
Natural de «San Pedro de Rozados»
(Salamanca) España
Doble nacionalidad hispanofrancesa
Residencia: (Francia)

jose miguel rodriguez calvo